Chères

Avec cette nouvelle année qui commence, des souhaits et des vœux se forment dans notre cœur. Et celui de rencontrer l'amour est sans doute le plus ardent, tout en étant le plus secret… Dehors, tout scintille, tout semble neuf et n'attendre que nous pour entrer en scène. Que va-t-il se passer cette année ? Le grand amour nous attend-il quelque part ?

Pour bien commencer ce mois de janvier et prolonger nos rêveries enchantées, je vous propose de découvrir une nouvelle trilogie, *Les princes du désert*, écrite par un de vos auteurs préférés, Sharon Kendrick. Avec elle, c'est le dépaysement assuré, puisque nous nous envolerons pour le royaume du Kharastan, au cœur du désert. Vous y découvrirez le destin passionné et magique de trois frères — très différents les uns des autres mais unis par un même amour du désert — et des trois femmes qu'ils vont apprendre à aimer.

Je vous souhaite une très bonne année et de passionnants moments de lecture.

La responsable de collection

Ne manquez pas le 1er janvier la première partie
de la trilogie de Sharon Kendrick

Les Princes du désert

En venant à Paris annoncer au milliardaire Xavier de
Maistre qu'il est le fils du cheikh du Kharastan, Laura ne
s'attendait pas à rencontrer un homme aussi séduisant,
ni que celui-ci pourrait mettre en cause les informations
qu'elle lui apportait. C'était pourtant bien ce qui était en
train de se passer... Pire, Xavier semblait penser qu'elle
avait été choisie par le cheikh pour le séduire et le
convaincre de se rendre au Kharastan...

Un cheick à aimer
Azur n°2750

Le serment brisé

CHANTELLE SHAW

Le serment brisé

COLLECTION AZUR

éditions **Harlequin**

Cet ouvrage a été publié en langue anglaise
sous le titre :
THE FRENCHMAN'S CAPTIVE WIFE

Traduction française de
BARNABÉ D'ALBES

HARLEQUIN®

est une marque déposée du Groupe Harlequin
et Azur ® est une marque déposée d'Harlequin S.A.

Prologue

En cette belle journée d'été, le parc de Hampstead resplendissait. Les magnolias embaumaient l'atmosphère déjà lourde et le soleil réfléchissait ses rayons aveuglants sur les vastes pelouses.

Emily marchait près de sa mère, sous l'ombre protectrice des chênes et des cerisiers, indifférente au plaisir de la promenade. Elle attendait la réponse à une question qu'elle avait longuement hésité à poser. Une réponse qu'elle n'avait pas besoin de connaître pour savoir qu'elle avait vu juste. Il lui suffisait de voir la moue crispée qu'affichait sa mère, même si Sarah Dyer allait une fois de plus tenter de faire diversion en optant pour la dignité offensée.

— Emily ! s'exclama-t-elle. Comment peux-tu dire de pareilles horreurs ? Insinuer que nous t'aurions *vendue* à Luc comme une vulgaire marchandise ? Voyons, bien sûr que non !

Emily retint son souffle. Visiblement, sa mère hésitait à poursuivre. Le silence pesa entre elles un court instant.

— Mais il est vrai que…

— Oui ? Que quoi ?

— Eh bien, j'admets que la richesse de Luc a pu peser dans la balance. Nous n'aurions pas consenti à lui céder

Heston Grange si le mariage n'avait pas fait partie du contrat, lâcha Sarah d'un trait, en détournant les yeux.

Prise de nausée, Emily s'éloigna pour s'effondrer sur un banc, un peu plus loin dans le parc.

Voilà. C'était fini. Sa mère venait de lui offrir le dernier argument dont elle avait besoin pour prendre sa décision : elle allait quitter Luc. Cette page de sa vie était tournée, et le glas de ce mariage raté avait sonné.

Dire qu'elle était venue chercher un peu de réconfort auprès de Sarah ! Elles n'avaient pourtant jamais été très proches. Mais Emily venait toujours passer une partie de l'été à Hampstead, et elle avait naïvement espéré un accueil chaleureux dans une circonstance aussi pénible.

Une mère n'était-elle pas censée prendre sa fille dans ses bras et la consoler, quand celle-ci était désespérée ? Et Emily nageait en plein désespoir. Comment aurait-il pu en être autrement, alors qu'enceinte de sept mois, elle se découvrait trompée par un mari indifférent ?

Mais Sarah ne songeait qu'aux convenances et aux traditions familiales.

— Ecoute, chérie, enchaîna celle-ci en s'asseyant près d'elle, tu as épousé un multimillionnaire. C'est normal qu'il soit très occupé…

— Je sais, coupa Emily à voix basse.

Elle n'avait pas besoin qu'on lui rappelle à quel point son mari était monopolisé par son travail. Peut-être même aurait-elle pu passer l'éponge sur ses incessants voyages d'affaires et sur les interminables soirées qu'il préférait consacrer à ses dossiers, loin du domicile conjugal, si elle avait conservé l'espoir qu'il l'aimerait un jour.

— Le problème, avec toi, reprit Sarah d'un ton condescendant, c'est que tu es beaucoup trop romantique. Quel est le mari qui n'a pas entretenu un jour ou l'autre une liaison passagère avec sa secrétaire ? Cela ne signifie pas pour autant qu'il n'aime pas sa femme. Beaucoup d'hommes ont recours à ce genre de dérivatif. Tu sais, la grossesse est un facteur de stress, dans un couple. De plus, Luc est particulièrement viril : tu dois comprendre qu'il a certains besoins, comme tous les hommes… Mais je t'assure que dès que le bébé sera né, tout reviendra à la normale.

Au prix d'un effort surhumain, Emily parvint à sourire et à hocher la tête en signe d'assentiment. Mieux valait ne pas inquiéter sa mère, songea-t-elle. Mais elle sentait un grand froid l'envahir.

« A la *normale* » ? Qu'est-ce que cela signifiait ? Elle était tombée follement amoureuse de Luc dès qu'elle l'avait rencontré. Une sorte de passion charnelle était née entre eux et, emportés par la puissance de leur désir, ils avaient laissé leur mariage reposer sur cette seule et irrésistible attirance physique.

Tous les moments de bonheur et d'intimité qu'ils avaient connus s'étaient déroulés dans un lit. Hormis ces merveilleuses étreintes, ils ne partageaient rien.

Emily ferma les yeux et respira le parfum des rosiers épanouis. Un peu plus loin, dans le parc, résonnaient les cris joyeux d'un groupe d'enfants. La jeune femme aperçut un petit garçon qui courait, faisant papillonner un cerf-volant dans le ciel d'azur. Bientôt, un homme le rattrapa.

— Tu as vu ça, papa ? demanda le petit d'une voix surexcitée.

Laissant échapper un soupir, Emily songea tristement que son enfant n'aurait pas la chance de vivre de tels moments. Non, il ne connaîtrait jamais la joie innocente de ces jeux avec un père attentif.

Oh, bien sûr, il restait encore l'option de ne pas quitter Luc… Pour le bien de cet enfant. Mais si elle pouvait oublier que son mari ne l'aimait pas, qu'il la trompait et lui mentait effrontément, il lui serait difficile d'ignorer qu'il ne voulait pas de ce bébé. Le regard horrifié qu'il avait eu au moment où elle lui avait annoncé sa grossesse était gravé à jamais dans sa mémoire, et la froideur qu'il lui avait témoignée depuis confirmait l'échec absolu de ce mariage.

Depuis quand Luc entretenait-il cette liaison avec sa secrétaire ? se demanda-t-elle encore, avec honte et amertume. Robyn Blake travaillait à son côté depuis des années. D'ailleurs, elle n'avait jamais manqué une occasion de rappeler à Emily que sa relation avec Luc était hors du commun. Elle était bien davantage qu'une simple employée, ne serait-ce que parce qu'elle était la veuve du frère de Luc. Longtemps, Emily s'était efforcée de dominer sa jalousie devant l'affection évidente qui unissait cette femme et son mari. Mais elle disposait désormais d'une preuve irréfutable. Robyn était la maîtresse de Luc — et Luc l'avait trahie.

Hélas, ce n'était pas le pire.

Elle se rappela son excitation, le jour de la première échographie. Dans un état de joie indescriptible, elle avait *vu* son bébé. L'enfant qu'elle portait était là, sur l'écran, et c'était un garçon.

Mais une douleur intense avait gâché ces quelques minutes de magie. Ce qui aurait dû rester un souvenir miraculeux pour leur couple symbolisait l'étape finale de leur union. Car elle était seule, ce jour-là. Sans celui qui aurait dû partager cette immense joie avec elle.

Entre toutes, cette absence s'était révélée fatale.

10

Elle avait tant espéré qu'au dernier moment, Luc quitterait son bureau pour venir à la clinique et découvrir avec elle l'image de leur enfant !

Elle avait dû se rendre à l'évidence, affronter la cruelle réalité : Luc n'en avait rien à faire.

Seul son travail lui importait.

Emily regarda sa mère se lever pour saluer quelques amis. Se levant à son tour, elle se dirigea vers la sortie du parc.

Au fond, elle sentait qu'elle avait déjà pris sa décision.

A quoi bon révéler à Luc qu'il allait avoir un fils ? Ça ne changerait rien. Il se montrait plus distant de jour en jour et elle ne supportait plus cette sorte de politesse glacée qu'il lui infligeait. C'était pire qu'une torture.

Non, vraiment, il valait mieux partir avant la naissance du bébé. Elle souffrait trop. Il était de aussi de sa responsabilité de préserver cet enfant d'un père dénué d'amour.

— Où allez-vous, jeune fille ? s'enquit le vieux chauffeur de taxi quand elle monta dans la voiture.

Emily manqua donner l'adresse de l'appartement de Luc à Londres. Après tout, peut-être avait-il une réponse valable à lui fournir, pour expliquer pourquoi il avait passé la nuit avec Robyn, à son retour d'Australie, au lieu de rentrer la rejoindre à la maison ?

Les images de Luc faisant l'amour à sa maîtresse s'imposèrent à son esprit, et une nouvelle vague de détresse engloutit ce dernier espoir.

Quelle idiote ! Il fallait qu'elle admette que c'était fini, se répéta-t-elle en serrant les dents. Luc ne l'aimait pas.

Et pour sa défense, elle devait reconnaître qu'il n'avait jamais cherché à le lui faire croire. Finalement, l'aveu de sa mère ne faisait qu'entériner ce qu'elle savait déjà : ce mariage n'était que la clause d'un contrat dans une affaire financière.

Des larmes roulèrent sur ses joues. Oh, c'était si difficile à admettre ! Elle l'aimait tant... Beaucoup trop, sans doute. Peu à peu, il était devenu sa raison de vivre.

Mais à cet instant, elle sentit le bébé bouger dans son ventre. Le sang se mit à battre dans ses veines, et elle perçut une vigueur nouvelle dans tout son corps.

Maintenant, elle avait une autre raison de vivre. Une raison d'être forte et d'envisager l'avenir avec courage.

Elle prit une longue inspiration et donna au chauffeur l'adresse de son amie Laura, à Londres.

1.

Un an plus tard
Montellano, Espagne

Emily s'arrêta sous le porche ombragé et posa délicatement le siège du bébé sur le sol de tommettes anciennes.

L'hacienda était baignée de soleil. Les larges bâtiments de pierre blanche donnaient sur une vaste cour intérieure, brûlée par les rayons ardents de la mi-journée.

Elle tourna les yeux vers le haut portail de fer forgé, près duquel s'alignaient les véhicules des résidents. Le taxi allait bientôt arriver, chargé de nouveaux clients, et elle profiterait de son passage pour repartir à son bord en direction de l'aéroport.

— Tu es sûre que tu n'as rien oublié ? s'enquit Laura d'une voix inquiète, en sortant précipitamment de la maison pour rejoindre son amie. Passeport, billets, clés de l'appartement… Tu as tout ?

— Oui, répondit Emily en riant, tu m'as posé cent fois la question ! Rassure-toi, tout est en ordre.

Elle adressa un clin d'œil complice à la petite femme brune qu'elle aimait tant, et à qui elle devait sa nouvelle vie. Grâce à Laura, Emily avait pu oublier les mois pénibles qu'elle avait connus en Angleterre, dans les derniers temps de sa grossesse.

Après un accouchement difficile, elle s'était retrouvée seule, déprimée, et sans perspective d'avenir.

Tout avait changé quand Nick, le fiancé de Laura, avait décidé de s'installer dans cette superbe hacienda et d'y inviter tous leurs amis artistes. Il avait encouragé Laura à ouvrir une école de haute cuisine sur place, et la petite entreprise avait connu un succès fulgurant. Nombre de touristes ou de dames de la bourgeoise locale étaient enchantés de prendre des leçons auprès d'un chef anglais ayant gagné ses quatre étoiles dans l'un des plus célèbres restaurants de Londres. Emily se félicitait d'avoir elle-même contribué à la réussite de l'établissement, en se chargeant de l'accueil des clients et de l'organisation des cours. Depuis quelque temps, elle avait à son tour monté son propre projet. Ce nouveau travail la passionnait et lui avait donné une nouvelle confiance en l'avenir.

Néanmoins, le temps était venu pour elle de rentrer en Angleterre pour mettre sa vie au clair.

— Tu sais comment tu vas occuper ton temps, pendant ton séjour ? demanda Laura.

— Je vais peut-être prendre des vacances loin de Londres pendant que les avocats régleront le divorce, répondit Emily en soupirant.

— Tu sais, ces affaires-là peuvent traîner un moment, j'en parle en connaissance de cause ! rétorqua Laura avec une grimace attristée. Mon divorce n'a été prononcé qu'au terme d'une année de procédure, et cela m'a coûté une petite fortune.

Emily sourit à son amie, qui avait traversé, elle aussi,

14

bien des moments difficiles. Depuis des années, elles se soutenaient mutuellement et avaient toujours pu compter l'une sur l'autre.

— Je préfère ne pas anticiper les moments pénibles, déclara-t-elle d'un ton confiant. De toute façon, je suis certaine qu'il n'y aura pas de complication. Luc sera enchanté de tirer un trait sur ce mariage.

Elle savait qu'elle avait raison, songea-t-elle avec un soupçon d'amertume. Quelques jours plus tôt, elle était tombée par hasard sur la photo de son futur ex-mari en compagnie de la sublime Robyn Blake, imprimée sur les pages d'un magazine britannique. C'était la première fois depuis un an qu'elle avait l'occasion de contempler ce regard noir, ces cheveux de jais et ce visage aux traits fins. Elle ne s'expliquait pas l'émotion qui l'avait saisie devant ce cliché. C'était comme si Luc n'avait rien perdu du pouvoir hypnotique qu'il exerçait sur elle. Mais ce choc avait eu le mérite d'entériner sa décision : elle voulait mettre officiellement un terme à ce mariage, pour tourner cette page de sa vie.

Désormais, Luc appartenait au passé. Elle avait un bébé, un métier qu'elle adorait, et elle avait chèrement conquis sa liberté. Son indépendance lui était infiniment précieuse, se répéta-t-elle en levant la tête.

— Tu crois que tu te sens prête à te retrouver devant Luc ? demanda Laura.

— Il n'est pas certain que le face-à-face soit indispensable, répondit Emily. Après tout, je ne lui demande rien. Surtout pas de l'argent !

— Voyons, Emily, Luc est multimillionnaire ! Il faut qu'il verse une pension à Paul, c'est bien le moins qu'il puisse faire pour lui.

15

Emily demeura imperturbable.

— Non. Je me débrouillerai très bien toute seule. Je suis responsable de mon fils et j'entends subvenir à tous ses besoins. Luc n'a jamais souhaité devenir père, et je n'accepterai pas un centime de sa poche.

En théorie, l'affaire était très simple : elle ne s'entretiendrait jamais directement avec Luc et laisserait son avocat se charger de toutes les négociations, y compris dans l'éventualité où Luc exprimerait le souhait de voir Paul.

Mais au fond d'elle-même, elle sentait naître une sourde inquiétude. Avec Luc Vaillon, rien n'était jamais simple.

Elle baissa les yeux sur le siège bébé posé à quelque distance. Son fils dormait tranquillement. Il était si beau… Son petit visage ressemblait tant à celui de son père ! Un père inconnu, se rappela-t-elle avec un pincement au cœur. Dans tous les sens du terme : Luc Vaillon était une énigme vivante. D'ailleurs, elle avait été sa femme durant un an et avait le sentiment de ne l'avoir jamais vraiment connu. Il était si secret…

— Ah ! s'écria Laura. Voici Enzo ! Pile à l'heure, comme d'habitude !

Emily sourit à son tour au chauffeur du taxi, qui était presque un ami : il faisait souvent la navette jusqu'à l'hacienda pour les clients de l'école.

— *Hola, señoras*, vous êtes splendides ! déclara le vieil homme en serrant la main des deux jeunes femmes, tout en en ouvrant la portière de l'immense van noir à ses passagers. Je vous emmène à l'aéroport dans un instant, *señora* Emily. Mais ne tardez pas ! Je me suis engagé à ramener des voyageurs en ville, et je dois respecter l'horaire.

16

Dans le brouhaha de l'arrivée, Emily ne prêta guère attention à la seconde voiture qui se garait à l'autre bout de la cour.

Laura soupira. Elle devait aller accueillir ses nouveaux clients.

— Dépêche-toi de t'occuper de tes élèves, murmura Emily en embrassant son amie avec émotion.

— J'y vais tout de suite, répondit Laura. Et toi, prends bien soin de toi. Nous célébrerons comme il se doit ta nouvelle vie de femme libre, dès ton retour parmi nous !

Elle se pencha au-dessus de Paul pour lui adresser un sourire et disparut avec les clients à l'intérieur de la maison, laissant Emily avec Enzo.

Le bébé dormait toujours profondément, et Emily préféra le laisser à l'ombre, sous le porche du bâtiment principal, tandis qu'elle chargeait ses bagages dans le van. Enzo était un incorrigible bavard, et il suffisait qu'on l'interroge sur sa famille pour qu'il entame aussitôt d'interminables récits concernant sa généalogie.

Emily lui prêtait une oreille distraite quand elle revint vers le porche et sentit son cœur cesser de battre : le siège bébé était vide !

Voyons… Laura était sans doute passée prendre Paul pour l'emmener dans la maison, peut-être pour qu'il soit plus au frais, se dit-elle, tandis que quelques gouttes de sueur perlaient déjà à ses tempes. *Forcément…*

Pourtant, loin de se précipiter à l'intérieur, elle pivota sur ses talons, d'un geste instinctif. Balayant la cour du regard, elle reporta son attention sur la berline noire garée un peu plus loin, près des voitures des résidants. Un homme en était sorti et demeurait immobile, sous le soleil de plomb.

17

Elle porta une main en visière à son front et plissa les yeux.

Durant une fraction de seconde, elle crut qu'elle était en train de rêver. Oui, ce devait être cette lumière trop blanche, qui se réverbérait sur la voiture et qui lui donnait des hallucinations… Elle battit des cils. Une fois, puis deux. Mais la vision restait là.

Il n'y avait pas d'erreur possible, ce n'était pas un mirage.

Même à plusieurs mètres de distance, il dégageait cette singulière aura charismatique. Cette puissance, cette séduction unique. Son impeccable silhouette était mise en valeur par un costume de lin gris clair, *évidemment* taillé sur mesure par un grand couturier français… Puisque cet homme était français.

Il s'approcha lentement, et elle reconnut aussitôt sa démarche à la fois flegmatique et assurée.

Malgré la chaleur presque suffocante de cette fin de matinée d'été, elle sentit un frisson glacé la parcourir.

Ses yeux étaient cachés derrière des lunettes noires, mais elle décrypta son expression dure, presque hostile, et laissa échapper un cri étouffé :

— Luc !

Sa gorge était sèche. Gagnée par une intense confusion, elle battit encore des paupières avant d'articuler :

— Qu'est-ce que… Qu'est-ce que tu veux ? Pourquoi es-tu ici ?

Il s'arrêta à moins d'un mètre d'elle et afficha un sourire satisfait.

— J'ai déjà ce que je veux, répondit-il doucement, visiblement satisfait de l'effet qu'il venait de produire.

Maintenant, chérie, c'est à toi de voir si tu choisis de te joindre à nous.

— *Nous ?* répéta Emily, stupéfaite.

Les pensées se bousculaient dans son esprit, et elle avait le plus grand mal à recouvrer son calme.

— Je ne comprends pas, lâcha-t-elle, désorientée.

Son cœur battait à tout rompre, et elle parvenait mal à lever les yeux sur ce visage plus séduisant encore en cet instant que dans son souvenir. Pourtant, l'homme qui se tenait devant elle était bien celui qui avait hanté ses rêves depuis un an…

Elle avait l'impression qu'une lame froide s'enfonçait lentement dans sa poitrine.

Et puis, ce qu'elle vivait semblait irréel. Qu'est-ce que Luc Vaillon faisait ici ? Comment devait-elle réagir ?

— Comment m'as-tu trouvée ? demanda-t-elle, s'efforçant de réprimer sa panique.

— Tu ne devines pas ? rétorqua-t-il en retirant ses lunettes, dévoilant un regard plus intense que jamais. Tu as écrit à ton avocat pour qu'il entame la procédure, et il s'est empressé de contacter le mien.

Emily fronça les sourcils.

— Maître Carmichael se charge des affaires de la famille Dyer depuis des décennies, répliqua-t-elle. Je doute fort qu'il t'ait transmis mon adresse. Il s'agit d'une information confidentielle.

— Tu as raison, approuva Luc avec un sourire carnassier. Tu n'as rien à reprocher à ton avocat. En revanche, sa très charmante secrétaire s'embarrasse moins de scrupules, pour peu qu'un homme de goût lui offre un dîner aux chandelles…

Emily sentit une légère nausée la gagner.

— Tu es répugnant, répliqua-t-elle. Mais ce comportement ne m'étonne pas, venant de ta part. En revanche, ceci ne m'explique toujours pas ce que tu fais ici. Car je suppose que tu as également pris connaissance de la lettre dans laquelle j'annonçais à mon avocat ma prochaine venue à Londres, pour régler cette affaire ? Tu ne pouvais pas attendre quelques jours ?

Luc inspira une longue goulée d'air, cherchant visiblement à conserver son calme.

— Voilà presque un an que j'espère voir enfin mon fils, répliqua-t-il sèchement, la mâchoire serrée.

Ses yeux lançaient des éclairs, et Emily frémit une nouvelle fois.

— Tu t'imaginais vraiment que j'allais patienter en me tournant les pouces, Emily ? poursuivit-il d'une voix altérée par la colère. Tu croyais que j'allais attendre gentiment que tu consentes à te manifester ? Bon sang, as-tu seulement idée de ce que j'ai ressenti en apprenant que mon enfant est un garçon ? Quand je pense que tu en as averti ton avocat, et que tu n'as pas jugé utile de me le dire ! Jamais je ne te le pardonnerai !

Scandalisée par ce discours, Emily sentit son sang ne faire qu'un tour.

— Tu sais que c'est faux ! explosa-t-elle. Je te l'ai fait savoir. Pourtant, tu m'avais assez fait comprendre que tu ne voulais pas de cet enfant ! Ni de moi, d'ailleurs ! Comment oses-tu me reprocher d'élever *mon* fils parmi des gens qui l'aiment et qui tiennent à lui ?

— Ici ? Jamais ! Si tu crois que je vais te laisser gâcher les années d'apprentissage de *mon* fils dans une communauté hippie, tu es encore plus naïve que je ne le pensais ! rétorqua-t-il avec fureur. A cause de toi et de tes sordides

20

théories au sujet d'une prétendue liaison avec mon assistante, j'ai été privé des premiers contacts avec lui durant des mois ! Mais permets-moi de te dire que la jalousie mal placée est un sentiment ridicule, *chérie* ! Laisser tes soupçons lamentables gâcher la vie de cet enfant innocent relève de l'irresponsabilité pure et simple. Tu n'avais pas le droit de me priver d'une relation avec mon fils, et à partir de maintenant, mieux vaut que tu te mettes dans le crâne qu'il saura qui est son père !

Emily soupira et croisa les bras sur sa poitrine avant de fixer Luc avec froideur.

— Je n'ai jamais eu l'intention de t'empêcher de voir Paul, si c'est que tu souhaites, répondit-elle avec calme. Je m'étais simplement faite à l'idée que tu ne tenais pas à lui accorder la moindre place dans ta vie. Mais je suis disposée à ce que nous discutions d'un droit de visite, puisque tu sembles être parvenu à te débarrasser de ton aversion pour la paternité.

— Oh, quel geste généreux de ta part ! ironisa Luc en la foudroyant des yeux.

Elle sentit aussitôt ses jambes se dérober sous elle. D'un simple regard, Luc avait le pouvoir de la troubler si intensément qu'elle ne savait plus comment réagir.

Ces yeux d'un noir brillant l'hypnotisaient. Autrefois, elle s'y noyait avant de tomber dans ses bras et de s'abandonner à une étreinte passionnée...

Comment pouvait-elle être gagnée par cette curieuse bouffée de chaleur, en un pareil moment ? C'était comme si l'année écoulée n'avait jamais existé, comme si elle avait quitté cet homme la veille. Elle sentait le désir la submerger.

Luc la détailla de la tête aux pieds, conservant son petit sourire sarcastique.

— Il est vrai que tu savais te montrer généreuse, en d'autres circonstances, si ma mémoire est bonne, poursuivit-il d'une voix caressante. Tout particulièrement dans un lit…

— Va au diable ! s'écria-t-elle, les joues en feu.

Ses provocations étaient intolérables. Comment osait-il la regarder de cette manière ? Et surtout, comment pouvait-il lui inspirer cet insupportable trouble ? Oh, elle aurait voulu demeurer impassible ! Mais elle n'y parvenait pas, et sa fureur monta encore d'un cran.

— Je suis assez étonnée que tu t'en souviennes, enchaînat-elle d'un ton acide. Car tu avais une nette préférence pour un autre lit que le nôtre !

Mais ce n'était vraiment pas le moment de lui montrer à quel point elle avait été blessée par son comportement, se rappela-t-elle en un éclair. Il fallait qu'elle se domine !

— Dès que je serai à Londres, reprit-elle plus doucement, je demanderai à mon avocat d'arranger pour toi un droit de visite, de sorte que tu puisses voir Paul régulièrement. Maintenant, si tu veux m'excuser, je dois aller le chercher…

Elle s'apprêtait à entrer dans l'hacienda quand la voix sarcastique de Luc la força à se retourner.

— Le *chercher* ? Tu veux dire qu'il est dans tes habitudes de perdre mon fils ?

— Bien sûr que non ! répliqua-t-elle avec colère. Je l'ai simplement laissé dormir dans son siège pendant que j'étais occupée ailleurs.

— Je vois, murmura Luc, visiblement amusé. Eh bien, j'ai pris la liberté de le mettre à l'abri, pendant que tu étais *occupée ailleurs*. Dis-moi, chérie, t'arrive-t-il souvent d'abandonner le bébé, sans surveillance et en plein soleil ?

Emily dévisagea son compagnon avec surprise.

— Mais… Il n'était pas sans surveillance ! Ni en plein soleil ! Où est mon fils ?

— En sécurité, lâcha-t-il avant de se retourner et de gagner sa voiture d'un pas vif.

Prise de court, Emily demeura figée sous le porche, telle une statue de sel, avant que la panique ne la submerge. D'un bond, elle dévala les quelques marches du perron et courut à sa suite.

La chaleur était intolérable, frappant à la verticale.

Le souffle court, elle parvint au niveau de la portière arrière de la berline de luxe. Derrière la vitre, elle aperçut Paul installé dans son fauteuil, sous le regard attentif du chauffeur. Il jouait paisiblement avec une série de gros anneaux de plastique multicolores posés près de lui.

— Comment as-tu osé prendre mon fils ? lâcha-t-elle d'une voix tremblante de rage en fixant Luc droit dans les yeux. Tu n'as pas le droit ! Je suis sa mère !

Elle se sentait des fourmis dans les mains et leva le bras droit, prêt à gifler celui qui lui avait *volé* son bébé.

— Et je suis son père, répondit-il en agrippant fermement son bras. Pourtant, tu t'es délibérément cachée avec lui dans un coin perdu d'Espagne… Et sans ta soudaine lubie de divorcer, je serais toujours dans l'impossibilité de voir mon fils !

— Une *lubie* ? répéta-t-elle, stupéfaite.

— Tu croyais peut-être que j'allais t'accorder un divorce à l'amiable, simple et rapide, pour que tu puisses continuer à vivre à ta manière, dans ton coin ? Et de l'argent, sans doute ? Quel culot ! De toute façon, tu n'as pas besoin d'argent pour vivre dans cette espèce de ferme communautaire ! J'imagine que tu sais déjà comment investir les sommes que tu entendais détourner au terme de ce divorce très rentable !

— Ah oui ? Et que ferais-je de toutes ces richesses arrachées à Paul pour mon seul bénéfice, à ton avis ? interrogea-t-elle d'un ton pince-sans-rire. Je recruterais une masseuse à domicile ? Je m'offrirais une Ferrari ?

Il haussa les épaules avec mépris.

— Je préfère ne rien savoir de la vie que tu mènes ici. En tout cas, il n'est pas question que mon fils soit élevé dans cet environnement !

— Oui, enchaîna-t-elle sur le même ton, c'est bien compréhensible ! Tu as été un père si attentionné, jusqu'ici ! Mais pour ta gouverne, sache que cette hacienda est une école de haute cuisine, déjà réputée parmi les meilleures d'Europe et dirigée par mon amie Laura !

— Et toi, lança-t-il en retour, sache que j'aurais été un père attentif si tu m'en avais donné la chance ! Désormais, c'est bien ce que je compte faire, et c'est pourquoi *mon* fils vient avec moi !

— Jamais ! s'écria-t-elle, au moment où le van d'Enzo s'arrêtait à sa hauteur.

— *Señorita*, il faut partir, maintenant, annonça ce dernier en baissant sa vitre. Je ne peux pas faire faux bond aux voyageurs de l'aéroport…

— Oui, j'arrive dans une minute, répondit-elle en posant une main sur la portière de la berline pour prendre le bébé.

La main de Luc se posa encore sur son bras, arrêtant son geste avec autorité.

Elle sentit la panique s'infiltrer dans ses veines. Allait-il réellement tenter de lui enlever son enfant ?

— Bon sang, Luc ! cria-t-elle. Tu ne peux pas me le prendre !

— Je crois que c'est déjà fait, chérie, rétorqua-t-il avec fermeté. Mais rien ne t'empêche de venir avec nous. A titre personnel, je n'y tiens pas vraiment, mais pour l'équilibre de cet enfant, il est sans doute préférable que tu montes en voiture.

D'un geste brusque, il ouvrit la portière passager et la dévisagea avec hostilité.

— Jamais je ne te laisserai emmener mon bébé loin de moi ! répéta-t-elle, les larmes aux yeux.

Mais elle avait perdu. Elle le savait. Il fallait qu'elle parte avec lui.

— Je dois y aller, les clients comptent sur moi, annonça Enzo en rallumant le moteur.

— Enzo, non, attends ! cria-t-elle. Mes valises sont dans ton coffre !

Elle courut à la poursuite du véhicule, parvint enfin à sa hauteur, récupéra ses bagages et se retourna pour découvrir la berline prête à franchir le portail de l'hacienda.

Le cœur battant, elle ouvrit la portière et jeta ses valises à l'intérieur avant de s'installer sur la banquette, près de Luc, tandis que le chauffeur quittait la propriété.

— Espèce de salaud, siffla-t-elle entre ses dents, à bout de souffle. Je peux porter plainte pour kidnapping, tu le sais ?

Le sourire sarcastique de Luc semblait prétendre qu'elle n'avait aucune chance de plaider cette cause devant un tribunal.

Il l'avait piégée.

Et elle était désormais entièrement à sa merci, conclut-elle, non sans affolement.

— Le terme de « kidnapping » me paraît un peu excessif, répondit-il d'un ton dégagé. Je reprends simplement possession de ce qui m'a été brutalement arraché. Et cette fois, chérie, je te jure que n'auras plus l'occasion de t'enfuir !

2.

La Mercedes venait de franchir le portail de la maison où Emily avait trouvé refuge durant près d'un an et traversait maintenant l'aride campagne andalouse.

L'atmosphère qui pesait à l'intérieur du véhicule était cependant plus lourde que celle de cette brûlante journée d'été.

Paul sembla soudain perdre tout intérêt pour ses jouets et leva un regard inquisiteur vers Luc, avant de se tourner vers sa mère, la lèvre tremblante.

Un instant après, il se mit à pleurer, et Emily le souleva de son siège pour le prendre dans ses bras.

— Ce n'est rien, mon amour, murmura-t-elle. Tout va bien. Maman est là, et personne ne te fera aucun mal.

Visiblement choqué par cette réflexion, Luc lui adressa un regard furieux.

— Evidemment, que je ne lui ferai aucun mal ! Pour qui me prends-tu ? Pour un barbare ?

Emily serra son fils contre elle et fronça les sourcils, toisant Luc avec mépris.

— Je préfère ne pas te dire ce que je pense de toi, répondit-elle sèchement. Ton comportement est impardonnable. Tu as essayé de t'enfuir avec mon bébé ! Quel homme ose faire cela à une mère ?

— Oh, je t'en prie, cesse tout de suite ce mélodrame ! répliqua Luc en levant les yeux au ciel. Tu es ridicule.

Emily sentit alors le regard de son compagnon sur sa coiffure et se souvint qu'elle portait un élastique orné de grosses boules jaunes pour retenir ses longs cheveux en queue-de-cheval.

Sa jupe de coton était bariolée de motifs multicolores et son débardeur orné de petites broderies ethniques. Elle avait enfilé des sandales plates et arborait fièrement les grosses boucles d'oreilles et le collier en perles que lui avait confectionnés l'une des artistes de l'hacienda.

D'ailleurs, Paul adorait ces bijoux qu'il manipulait avec fascination, quand il s'asseyait sur ses genoux.

Mais cette tenue peu formelle et trop fantaisiste devait contraster avec les tailleurs sophistiqués de Robyn Blake. Et Emily n'avait pas oublié que Luc accordait beaucoup d'importance à l'élégance, chez une femme.

— Mon enfant a besoin de moi. Libre à toi de juger que c'est ridicule, lâcha-t-elle avec hauteur.

— Tu es moins indispensable que tu ne le prétends, rétorqua-t-il. Il est très jeune, et il peut parfaitement apprendre à vivre avec son père. Néanmoins...

Il sembla hésiter.

— Oui ? Je t'écoute, Luc, reprit-elle. Je suppose que tu n'as pas terminé cette édifiante leçon sur l'éducation des enfants, telle que tu la conçois...

— Néanmoins, coupa-t-il d'un ton agacé, il est préférable qu'un bébé ne soit pas privé de sa mère, je te le concède. C'est la raison pour laquelle j'ai décidé de te reprendre *aussi*.

28

Emily le contempla avec stupeur durant quelques secondes.

— Pardon ?

— Je pensais que cela te ferait plaisir ! maugréa-t-il en soutenant son regard ébahi.

— Eh bien, pardonne-moi de ne pas sauter de joie, répondit-elle en recouvrant ses esprits, mais je ne tiens pas du tout à ce que tu me *reprennes*, comme tu dis. Ma vie me convient parfaitement telle qu'elle est, c'est-à-dire sans toi. En fait, je n'ai jamais été plus heureuse !

Elle commit cependant l'erreur de croiser son regard, au moment où elle lui tenait ce discours. Son regard intense, dévastateur, qui avait le pouvoir de faire trembler jusqu'à son âme. Une sorte de frisson électrique la parcourut des pieds à la tête, et elle sentit qu'il l'avait perçu.

Car, aussitôt, il afficha un petit sourire satisfait.

— Je suis certain de pouvoir te procurer cette extraordinaire extase dans laquelle tu baignais jusqu'à maintenant, déclara-t-il d'une voix sirupeuse. Au cours de notre mariage, je crois avoir montré certains talents pour te satisfaire, *chérie*. Après une nuit auprès de moi, je te parie que tu seras aussi épanouie qu'une petite chatte repue de crème fraîche.

La dernière chose dont Emily avait besoin était que Luc lui rappelle la faiblesse dont elle était la proie dès qu'elle sentait le contact de ses mains sur sa peau. Avec dégoût, elle songea qu'elle lui avait offert tout ce dont un homme peut rêver d'une partenaire érotique : une dévotion et un abandon absolus.

Luc savait qu'il touchait un point sensible en évoquant les moments merveilleux qu'ils avaient partagés dans les bras l'un de l'autre.

Mais il se leurrait, s'il pensait se trouver aujourd'hui face à la femme qu'il avait si facilement manipulée autrefois : elle avait changé. En un an, elle avait pris beaucoup d'assurance, et n'était plus une jeune fille naïve. La maternité lui avait donné des forces, ainsi que ses succès professionnels : elle se sentait prête à livrer toutes les batailles du monde pour élever son fils ainsi qu'elle le souhaitait.

Elle baissa les yeux sur Paul et le replaça dans son siège avant de l'attacher solidement. Il lui souriait, et elle sentit son cœur de mère fondre instantanément, tandis qu'une vague de culpabilité l'assaillait. Un bébé percevait tant de choses… Tôt ou tard, Paul découvrirait la haine qui déchirait ses parents. N'était-ce pas profondément injuste ? Fallait-il que le drame de leur couple pèse sur la destinée de ce petit garçon ? Avait-elle le droit d'infliger cette souffrance à l'être qu'elle chérissait par-dessus tout ?

Enfonçant sa nuque dans le confortable appuie-tête de cuir, elle poussa un profond soupir avant de se retourner vers Luc :

— Ecoute, dans l'intérêt de notre fils, je crois qu'il faut envisager un divorce à l'amiable et aussi digne que possible. Tu ne veux pas que Paul assiste à des batailles sans fin ?

— Non, tu as raison. C'est pourquoi il n'y aura pas de divorce. Notre fils mérite d'être élevé dans l'amour de ses deux parents, même si ces parents ne s'aiment plus l'un l'autre. Tu resteras ma femme, Emily, poursuivit-il en ignorant le petit hoquet outragé de la jeune femme. Et ne te fais aucune illusion : notre mariage sera préservé, dans tous les domaines.

— Q… Quoi ? balbutia-t-elle, sous le choc de ces

paroles. Tu ne t'imagines tout de même pas que je vais… *coucher* avec toi ?

— Pourquoi pas ? répliqua-t-il en haussant négligemment les épaules. Notre couple connaissait certainement quelques problèmes, mais pas de ce côté-là. Tu as toujours répondu à mes avances avec ferveur !

Emily n'en croyait pas ses oreilles. La manière détachée dont Luc évoquait leur union lui était particulièrement insupportable. Comment pouvait-il ainsi salir ce qu'elle avait chéri comme le plus merveilleux cadeau de l'existence ?

— Tu es un tel expert dans les relations avec les femmes que je me garderai de discuter ton jugement, lâcha-t-elle avec hargne. Mais je regrette de t'annoncer que je n'ai nulle intention de renouveler cette expérience.

— Ta décision me paraît un peu hâtive, répondit-il d'un ton vaguement ennuyé. Je crois que tu vas la regretter.

Emily fixa les intenses yeux noirs de Luc et frémit. Sous le charme magnétique de ce visage aux traits fins, elle reconnaissait le caractère impitoyable d'un homme d'affaires déterminé à obtenir tout ce qu'il voulait. Luc Vaillon était un tueur, dès que se présentait un défi à relever. Et, en cet instant, il la considérait comme une adversaire… C'est-à-dire comme une ennemie qu'il n'hésiterait pas à piétiner, s'il le jugeait nécessaire.

Durant un bref instant, elle sentit ses forces la quitter, mais un brusque sursaut d'orgueil l'aida à serrer les poings et à soutenir ce regard menaçant.

— Tu mens, Luc, dit-elle froidement. Tu ne veux pas réellement que je redevienne ta femme, et tu n'as pas davantage l'intention d'offrir une famille heureuse à Paul. Tu veux seulement gagner. C'est ton obsession, ton unique but dans l'existence. Si je n'avais pas demandé le divorce, tu n'aurais jamais songé une seconde à voir ton fils. Mais tu n'as pas supporté que je prenne cette initiative, et tu veux ta revanche parce que j'ai choisi de te quitter, il y a un an. C'est lamentable. Car c'est un bébé innocent, que tu punis !

— Assez ! coupa-t-il avec colère.

Elle le défia du regard et demeura impassible.

S'il avait espéré qu'elle se comporte comme la jeune fille docile et faible qu'elle avait été, il s'était lourdement trompé ! Elle devait se battre pour le bien-être de son fils, et elle ne se laisserait pas intimider.

— Tu es devenue bien acerbe ! reprit-il. J'essaie pourtant de me montrer juste, alors que tu ne le mérites pas ! De ton côté, tu ne m'as pas accordé autant de considération : tu t'es enfuie sans aucune explication, comme une voleuse, et tu m'as privé de mon fils ! J'aimerais que les choses soient claires, Emily.

Il pointait maintenant un index vers elle, et elle déglutit péniblement pour masquer son trouble.

— J'ai toujours voulu cet enfant, enchaîna-t-il. J'ai attendu avec impatience le moment où je le tiendrais dans mes bras. Durant près d'un an, je n'ai reçu aucun signe de son existence. Maintenant que je l'ai retrouvé, je ne permettrai à personne de me l'enlever. Si tu persistes à exiger le divorce, je ne pourrai pas t'en empêcher, mais j'userai de tous les moyens dont je dispose, et qui sont considérables, pour obtenir la garde de Paul. Prépare-toi à te lancer dans une guerre terrible, et à la perdre.

Préférant s'abstenir de répondre, Emily jeta un coup d'œil sur la route qui défilait devant eux.

Elle savait que la fortune de Luc lui permettrait de recruter un bataillon d'avocats spécialisés dans ce genre d'affaires, tandis qu'elle serait seule face à un juge. Bien sûr, dans la mesure où Luc lui avait été infidèle, et vu qu'elle était la mère, elle avait une chance d'obtenir gain de cause. Mais le puissant empire Vaillon ne manquerait pas non plus d'arguments aptes à orienter la décision finale. Luc oserait-il mentir devant un tribunal ?

Après tout, il l'avait fait quelques instants plus tôt. D'une part, il s'obstinait à nier qu'il avait eu une liaison avec Robyn. Il avait pourtant fallu qu'Emily en ait la preuve tangible pour choisir de le quitter, à sept mois de grossesse. Et d'autre part, il prétendait qu'elle ne l'avait pas averti de la naissance de Paul ! Peut-être avait-il honte ? Avec douleur, elle se souvint de cet ultime et terrible choc. C'était quelques jours après l'accouchement. En quelques secondes, elle avait su qu'elle ne s'était pas trompée : Luc vivait avec Robyn et refusait de jouer le moindre rôle dans l'éducation de son fils.

Mais cet épisode était si insupportable qu'elle préférait ne pas l'évoquer maintenant. Visiblement, il avait changé d'avis au sujet de Paul.

Et il ne lui laissait aucune échappatoire…

Des larmes de rage lui montèrent aux yeux.

— Je te hais, lâcha-t-elle d'une voix altérée par l'émotion.

— Oh, tu m'en vois très contrarié, répondit Luc d'un ton glacial. Mais rassure-toi, je ne t'imposerai pas mon odieuse présence à chaque instant. Et si tu n'es pas prête à faire du bien-être de Paul ta seule priorité, tu peux descendre tout de suite de voiture. Réfléchis. Tu n'as qu'un mot à dire, et je demande au chauffeur de te déposer ici.

Emily lança un regard affolé vers les terres vierges

33

d'Andalousie cernant la route, et qui avaient tout d'un désert.

Seuls quelques cactus formaient, ici et là, de maigres taches d'ombres sur d'infinies étendues de sable et de poussière.

— Tu plaisantes ? demanda-t-elle d'une voix aussi assurée qu'elle le put. Tu ne vas pas nous abandonner à des kilomètres de toute civilisation ?

— Bien sûr que non, mon amour, répondit-il en riant. Je viens de te répéter que Paul reste avec moi. Mais tu es libre de nous laisser quand tu veux.

— Cesse de m'appeler « chérie » ou « mon amour » ! cria-t-elle en bondissant sur son siège. Ta cruauté dépasse tout ! Tu es un être ignoble !

— Que tu oses m'accuser de cruauté alors que tu m'as volé mon fils dépasse également mon entendement, rétorqua-t-il, les dents serrées. Je ne l'oublierai jamais, Emily. Jamais.

L'amertume qui perçait dans sa voix attira l'attention d'Emily, qui se retourna vivement vers lui.

Durant quelques minutes, elle resta prostrée sur son siège, examinant, à la dérobée, le visage de son compagnon. A sa fureur se mêlait la trace d'une blessure profonde. Hélas, il ne s'agissait que d'orgueil, se rappela-t-elle, conjurant l'élan de compassion qui venait de la saisir.

Luc n'avait pas imaginé qu'elle oserait un jour lui tenir tête. Et encore moins qu'elle le quitterait. Le jour où elle avait claqué la porte de l'appartement de Chelsea, il s'était trouvé face à son premier échec.

Et il voulait la ramener là-bas, pour obtenir enfin sa revanche et redevenir le gagnant qu'il était en toute circonstance, songea-t-elle avec découragement, tandis que la berline franchissait la grille d'entrée d'un petit aéroport.

Elle n'avait aucune envie de revoir cet appartement...

Non, elle ne voulait pas retomber dans cette vie sinistre qu'il lui avait fait mener à Londres, tandis qu'il parcourait le monde en compagnie de sa plantureuse maîtresse blonde.

Cette pensée la torturait. Car elle avait connu en compagnie de cet homme les plus beaux moments de sa vie, se rappela-t-elle avec un pincement au cœur.

Mais c'était loin. Cela remontait aux premiers temps de leur mariage, quand elle était presque parvenue à se convaincre elle-même que cette union, arrangée par ses parents avec le séduisant et énigmatique millionnaire français, pouvait lui offrir le meilleur, et non le pire.

La lune de miel à Paris avait été de courte durée. Après ces merveilleuses journées consacrées à explorer l'étonnante passion qui les attirait inexorablement l'un vers l'autre, Luc avait dû regagner son bureau de Londres. Il avait pris sa jeune épouse dans ses bras pour franchir le seuil de son immense appartement, situé dans le paisible quartier de Chelsea.

Emily se rappela qu'ils n'avaient pas même traversé le hall quand la sonnette d'entrée avait retenti. Luc avait hésité un court instant avant de la reposer, pour ouvrir et céder le passage à une stupéfiante beauté blonde.

Robyn Blake, la belle-sœur de Luc et son assistante, avait été un top model aux Etats-Unis, une dizaine d'années plus tôt.

Au début, Emily s'était laissé berner par l'apparente gentillesse de cette intrigante. Car Robyn savait se montrer avenante et souriante en toute occasion. Mais l'aisance naturelle de cette femme toujours impeccablement maquillée et manucurée avait également accru sa timidité. Emily n'avait jamais eu confiance en elle, et elle s'était sentie plus gauche, plus maladroite et empruntée que jamais, face à Robyn.

Hélas, elle avait voulu croire qu'elle pourrait gagner l'amitié de la plus proche collaboratrice de son mari. Après une enfance passée dans l'ombre de ses sœurs aînées, elle avait cultivé une fâcheuse tendance à vouloir plaire à ceux qu'elle admirait. Aussi n'avait-elle pris conscience qu'assez tard de l'influence pernicieuse que Robyn exerçait sur Luc. Or, c'était la stricte vérité : la crise conjugale qui avait suivi une trop brève lune de miel relevait pleinement de la responsabilité de Robyn Blake.

En fait, non, songea-t-elle avec désespoir : elle ne pouvait totalement imputer l'échec de son mariage à sa rivale.

Luc Vaillon était incapable d'aimer qui que ce soit. Et elle avait été trop faible pour protester, trop peu confiante en elle-même pour formuler ses doutes et ses frustrations avec vigueur, au moment où il en était encore temps.

Très vite, Luc ne s'était plus consacré qu'à son travail. Durant des journées, puis des semaines, puis des mois, elle avait tourné en rond dans cet appartement, attendant le retour tardif de son mari. La ferveur qu'il lui manifestait la nuit ne compensait plus ses frustrations. Jamais il ne s'ouvrait à elle, jamais il ne lui parlait de son passé ni de leur avenir. Il passait bien plus de temps avec Robyn qu'avec elle.

Emily leva une main à son front. Elle avait chaud. Luc gardait les yeux fixés sur son fils, comme si le monde avait cessé d'exister. C'était étrange : une part d'elle-même voulait céder à l'émotion. Et même, une onde électrique la parcourait quand elle observait le visage de son trop séduisant mari…

A la dérobée, Luc jetait parfois des coups d'œil en direction d'Emily. Visiblement mal à l'aise, la jeune femme ne cessait de croiser et de décroiser les jambes.

Il ne pouvait détacher ses yeux des courbes délicates de son corps. Ses boucles d'oreilles dansaient dans son cou, soulignant la grâce de son port de tête. Avec sa chevelure châtain aux reflets dorés, relevée en queue-de-cheval, elle semblait avoir dix-sept ans. Quelques mèches bouclaient sur ses tempes, et il ressentait le besoin urgent d'y glisser ses doigts.

Mais à quoi pensait-il ? Des émotions violentes fusaient en lui, mais la fureur dominait : cette femme, *sa* femme, l'avait quitté sans même un mot d'adieu ! Elle avait littéralement disparu de sa vie, le mettant dans une situation intolérable vis-à-vis de son entourage. A Londres, ses collègues et ses relations de travail avaient murmuré dans son dos durant des mois. Et surtout, il s'était fait un sang d'encre, se demandant du matin au soir si elle allait bien, ne sachant si elle avait donné naissance à cet enfant, si elle était morte ou vive… jusqu'à ce qu'il la localise en Espagne.

Et tandis qu'il se perdait en conjectures, Madame était tranquillement installée dans cette communauté hippie, nageant dans un bonheur prétendument parfait, préparant soigneusement son divorce et le privant de son fils !

Comment avait-elle pu l'accuser de ne pas avoir voulu de leur enfant ? C'était absurde ! Il avait attendu la naissance avec fébrilité, et son excitation n'avait cessé de croître au fil des semaines. Mais tous ses espoirs avaient été pris en otage par sa terreur secrète. A la vérité, il était si terrifié à l'idée que l'histoire se répète qu'il avait peut-être manifesté une certaine distance, qu'elle avait interprétée comme de la froideur.

Prenant une longue inspiration, il se concentra sur les petites joues potelées de son bébé. Paul... Elle lui avait donc donné un nom français. Il lui était encore difficile de croire que ce merveilleux petit enfant à la peau fraîche et lisse était le sien. Chaque fois que Paul tournait vers lui ses grands yeux verts ourlés de cils soyeux, il sentait son cœur se contracter dans sa poitrine.

Ces cheveux noirs, cette manière de froncer les sourcils, ce sourire malicieux... Il avait l'impression de revoir les photos qui le représentaient, au même âge.

Dès qu'il avait posé les yeux sur lui, il l'avait aimé de toute son âme.

— Il te ressemble, observa Emily, tandis que le chauffeur s'arrêtait sur le tarmac.

Le jet semblait prêt, et Luc s'empressa de prendre Paul dans ses bras avant de sortir du véhicule.

— Je ne sais toujours pas ce que tu as décidé, lança-t-il sèchement en direction de la jeune femme. Tu nous accompagnes ?

Emily lui décocha un regard haineux.

— Je crois que tu ne me laisses pas le choix, répliqua-t-elle, amère. Et je ne vais nulle part sans mon fils. Mais si tu comptes me ramener dans l'appartement de Londres, je préfère te dire que...

— Inutile, coupa-t-il en levant une main pour l'interrompre, et en invitant le chauffeur à porter le siège du bébé et les valises dans le jet. Nous allons en France, *évidemment.* Paul est mon fils. C'est un Vaillon : il sera élevé dans la demeure familiale, un château de la vallée de la Loire dont il est de plein droit le futur héritier.

— *Evidemment*, reprit Emily d'un ton sarcastique. Mais que fais-tu du pays de sa mère, c'est-à-dire l'Angleterre ?

— Si je ne m'abuse, tu venais de choisir l'Espagne.

La jeune femme croisa les bras sur sa poitrine et le considéra avec mépris.

— Je suis ravie d'apprendre que tu possèdes un château, lâcha-t-elle. Encore une information dont je n'ai jamais été honorée. Mais te rappelles-tu que les Dyer possédaient également une demeure ancestrale où j'aurais été heureuse d'élever mon fils, si tu ne l'avais rachetée pour une bouchée de pain ? Est-il vrai que tu as bénéficié d'une ristourne conséquente, à la condition d'épouser l'une des filles de la famille ? Et peux-tu me dire pourquoi tu m'as choisie, moi, la cadette, qui préférais la compagnie des chevaux aux civilités, la solitude aux dîners mondains ? Pourquoi moi plutôt que l'une de mes sœurs ? Elles étaient belles, intelligentes, sophistiquées, et auraient davantage convenu à ton standing. Je suppose que tu as jugé que je serais plus facile à manipuler. Et il te fallait une épouse bien malléable, pour lui imposer ta relation avec ta maîtresse !

Elle tremblait. Mais elle serra les poings et soutint son regard. A vingt ans, sa timidité, conjuguée à la surprise de constater qu'un homme si séduisant s'intéressait à elle, l'avait perdue. Elle avait été une proie facile dans un jeu dont elle ignorait la cruauté.

— Tu t'es toujours sous-évaluée, répondit Luc d'un ton agacé. Maintenant, monte dans cet avion, s'il te plaît. L'équipage est prêt depuis un bon moment. Et puis, j'ai hâte de montrer à Paul son nouveau foyer. Le château Montiart nous attend.

Emily s'avança à contrecœur sur la passerelle.

Cette journée était un fiasco.

Et ce voyage annonçait le début d'un nouvel enfer.

3.

Luc précéda Emily dans la luxueuse cabine du jet et lui présenta la petite femme aux cheveux blonds et bouclés qui venait vers eux, un sourire aux lèvres.

— Voici Liz Crawford, indiqua-t-il. Elle a exercé ses talents de nourrice en Angleterre durant quinze ans, et va maintenant s'occuper de Paul…

Il était sur le point d'inviter la nurse à prendre l'enfant dans ses bras quand celui-ci se mit à hurler : Emily le souleva doucement pour le presser contre son sein et le bercer.

— Chut, mon amour, maman est là…

Puis elle sourit poliment à Mme Crawford et décocha à Luc un regard noir, avant de s'installer dans l'un des confortables fauteuils de cuir, pour apaiser son fils durant le décollage.

Sans oser protester, Luc écouta la berceuse qu'Emily chantait tendrement à Paul. A l'évidence, elle avait le don de le rassurer.

Il ne pouvait être question de séparer la mère et le fils… Au fond, il n'en avait jamais eu l'intention. Mais il ne savait pas encore s'il avait fait le bon choix en contraignant la jeune femme à le suivre. Les émotions et les souvenirs

41

remontaient en lui par vagues, et la violence de leurs retrouvailles le perturbait.

Bientôt, il sentit un regret l'étreindre.

La réflexion d'Emily au sujet de la maison des Dyer, Heston Grange, l'avait blessé.

En cet instant, elle semblait aussi jeune et innocente que le jour où ses yeux s'étaient fixés sur elle et où il avait senti une flèche l'atteindre en plein cœur. Ses grands yeux bleus et cette vulnérabilité à fleur de peau lui faisaient perdre tous ses moyens.

Il n'avait jamais été très doué pour parler de ses sentiments. Sans doute leur couple avait-il souffert de ce travers irréductible, mais il n'y pouvait rien. Son enfance avait laissé des cicatrices, et les épreuves de l'âge adulte n'avaient rien arrangé. Lui non plus n'avait jamais oublié le jour de cette fameuse échographie.

Bon sang, il aurait tout donné pour se trouver auprès d'elle en cet instant, mais Robyn était alors si perturbée qu'il avait craint de la laisser seule. Il avait téléphoné à Emily, soucieux de lui exposer la situation. Hélas, elle était déjà partie à la clinique.

Il était bien trop tard quand il avait mesuré les dommages irréparables que cette décision avait causés, et il n'avait jamais eu l'occasion de revenir sur ce pénible épisode.

— Liz Crawford a obtenu son diplôme de puéricultrice dans la plus grande école suisse, précisa-t-il en se tournant brusquement vers elle. Son expérience est impressionnante, et elle a donné pleine satisfaction aux familles les plus exigeantes. Il faudra que tu lui donnes une chance de prendre soin de Paul, quand nous arriverons au château...

— Je suis parfaitement capable de me charger de mon fils seule, répliqua Emily à voix basse, pour ne pas réveiller le bébé qui fermait les yeux, la tête appuyée contre son sein.

Quelques minutes s'écoulèrent avant que la jeune femme ne le dépose délicatement dans un siège, à l'avant de la cabine, près de Mme Crawford.

Puis elle se versa un grand verre d'eau fraîche en puisant dans le luxueux minibar et s'enfonça dans son fauteuil.

— Peux-tu me dire une chose ? s'enquit-il quand il fut certain qu'elle était à son aise.

— Mmm… ?

— Pourquoi as-tu choisi de vivre en Espagne ?

Elle poussa un profond soupir.

— J'ai été malade, après la naissance de Paul, révéla-t-elle. L'accouchement a été difficile, et la convalescence assez longue. Je suis restée chez mon amie Laura, dans son appartement de Londres, jusqu'à ce qu'elle me propose de la suivre à Montellano, en Espagne. Au début, je comptais y séjourner quelques semaines seulement, mais le bébé et mon travail m'ont tellement occupée que les mois ont filé sans que je m'en aperçoive…

— Comment cela, un accouchement difficile ? demanda Luc d'une voix étranglée. Il y a eu des complications ?

— Une hémorragie importante, oui, acquiesça-t-elle.

Le visage de Luc se rembrunit aussitôt, et il lutta contre la nausée qui le gagnait. Il aurait dû être là. Et elle aurait dû lui donner la chance de lui prouver son soutien sans faille, au lieu de lui tourner le dos. Elle était son épouse, la femme qu'il avait promis de protéger et de chérir. Une fois encore, il avait failli à ses obligations.

— Si tu ne m'avais pas quitté, se défendit-il d'un ton agressif, tu aurais bénéficié des meilleurs soins médicaux, dans la plus grande clinique de Londres.

— Et si tu avais manifesté le plus petit intérêt pour cet enfant durant ma grossesse, rétorqua-t-elle, tout aurait été bien différent. Ta mauvaise foi est scandaleuse, Luc ! Tu t'es montré très clair en m'affirmant que tu ne voulais pas d'enfant, dès notre mariage. Je n'ai jamais souhaité te forcer la main. La conception de Paul a été un accident : tu ne m'as jamais crue, mais les antibiotiques que j'ai absorbés contre la grippe ont annihilé les effets de la pilule. Je n'y peux rien ! Et je me souviens de ta colère quand je t'ai appris que j'étais enceinte. Crois-moi, une épouse n'oublie pas ça !

— Bon sang, nous étions en voyage, pour donner une suite à notre première lune de miel ! objecta-t-il avec fureur. Et ce n'est pas toi qui me l'as appris, chérie. Tu as attendu que nous nous trouvions sur une île perdue de l'océan Indien pour perdre connaissance. C'est l'un des urgentistes envoyés par hélicoptère qui m'a informé de ton état !

Il ne put réprimer un frisson au souvenir de cet instant. Le soleil tapait fort. Ils marchaient l'un près de l'autre, sur la plage et, soudain, elle avait glissé à ses pieds, comme un sac. Il s'était senti impuissant, prêt à hurler à l'aide, en proie à une panique irrationnelle... Cette seconde était gravée à jamais dans sa mémoire, comme celle d'un moment semblable, plus ancien, qui justifiait sa terreur.

Ce jour-là, il avait cru perdre Emily. Il avait songé qu'il ne pourrait pas supporter la vie sans elle, pas plus qu'il ne supporterait de traverser encore cette épreuve, cette douleur qu'il enfouissait depuis tant d'années sous une épaisse carapace.

C'était aussi pourquoi il ne voulait plus aimer. L'amour était trop douloureux.

— Je ne savais pas moi-même que j'étais enceinte, répondit-elle après avoir observé un long silence. J'ai subi le même choc que toi.

Elle avait à peine prononcé ces mots que Luc s'éloigna d'elle pour se caler contre le hublot.

Visiblement, songea-t-elle, il ne souhaitait plus évoquer le passé. Peut-être se sentait-il vaguement coupable de ce qu'il lui avait infligé. Mais c'était peu probable. Et après tout, cela lui était égal.

Elle aurait préféré, elle aussi, refouler les images que lui imposait sa mémoire.

Hélas, le passé était plus fort que tout…

Ce soir-là, se rappela-t-elle, elle devait être le seul membre de la famille Dyer à avoir oublié le fameux dîner donné en l'honneur du sauveur de Heston Grange.

Elle avait fait une longue promenade à cheval et avait surgi dans la salle de réception, dès la sortie de l'écurie. Le rouge aux joues, elle s'était sentie un peu plus mal à l'aise en constatant que ses sœurs avaient sorti les plus belles tenues de leur garde-robe, tandis qu'elle faisait cette apparition tardive en jodhpur et chemise blanche.

Heureusement, la soirée battait son plein et les invités se comptaient par dizaines : personne ne lui avait prêté attention. Enfin, presque personne. Car elle avait senti un regard rivé sur elle. Lorsqu'elle s'était retournée, elle avait immédiatement été happée par ces fascinants yeux noirs. Des yeux qui l'avaient traversée de part en part, si bien qu'elle en avait perdu toute contenance.

Jamais elle n'avait observé chez un homme un tel charme, une telle élégance et un magnétisme aussi puissant. Avec ce visage finement structuré, cette peau satinée et ce corps semblable à celui d'un dieu grec, Luc Vaillon avait le rare don d'illuminer une pièce de sa seule présence, d'occuper tout l'espace et de concentrer sur lui l'attention générale. D'ailleurs, ce soir-là, il accaparait tous les regards.

Sauf celui de Sarah Dyer, qui avait adressé à sa fille un coup d'œil explicite et désapprobateur : Emily était rapidement montée dans sa chambre pour enfiler une robe bleu marine. Elle avait ensuite consacré le reste de la soirée à scruter discrètement le Français, de loin. En revanche, ses sœurs, d'un tempérament plus audacieux, n'hésitaient pas à babiller et à s'agiter autour de cet hôte ensorcelant, cherchant visiblement à l'impressionner.

A la vérité, le patron de Vaillon Développements était irrésistible, avec son sourire suave et ses manières galantes. Mais les efforts des sœurs d'Emily étaient demeurés vains, et chaque fois qu'elle avait osé se tourner vers lui, elle avait croisé son regard brûlant, éternellement posé sur elle.

Alors que son embarras allait croissant, il semblait, au contraire, plutôt amusé par la situation. Troublé aussi, peut-être : une mystérieuse émotion passait parfois sur son imperturbable visage.

Ce soir-là, elle se hâta de regagner sa chambre.

— J'ai la nette impression que vous êtes plus à l'aise en compagnie des chevaux que parmi les humains, observat-il quelques jours plus tard, en venant à sa rencontre alors qu'elle brossait son étalon favori à l'écurie.

Les parents d'Emily avaient invité Luc à séjourner quelques jours dans la propriété, afin de discuter de son acquisition.

Emily évitait cet hôte intimidant, consacrant la majeure partie de ses journées à l'équitation et à Kasim, le superbe pur-sang arabe auquel elle vouait une profonde affection.

46

Gênée, elle haussa les épaules.

— Je trouve les chevaux moins compliqués, admit-elle.

Le regard qu'il lui décocha lui coupa le souffle. Il resta encore quelques instants à bavarder avec elle, et elle se reprocha plus tard d'avoir répondu évasivement à ses questions. Elle s'était montrée si farouche qu'il avait dû la juger plus sauvage qu'un étalon des steppes.

Le lendemain, elle avait été surprise de le voir revenir, et il avait insisté pour traverser à cheval avec elle les terres de la propriété.

Ce fut au cours de ces quelques promenades dans la luxuriante New Forest qu'elle tomba éperdument amoureuse de lui.

Une erreur fatale.

Comment avait-elle pu s'imaginer que le ténébreux, l'irrésistible Français avait payé de retour l'intérêt que lui portait une jeune fille aussi insignifiante ? Quelle idiote ! Avec un peu de bon sens, elle aurait dû se douter qu'il y avait un dessous des cartes à cette histoire ! Ne lui avait-il pas demandé sa main beaucoup trop vite ?

Mais les quelques baisers passionnés qu'ils avaient échangés avaient repoussé tous ses doutes. Luc Vaillon avait déjà pris possession de son cœur, de son esprit et de sa raison. En quelques jours, sa vie avait changé : elle adorait les émotions qu'il faisait naître dans son âme, et elle voulait se lancer avec ferveur dans la merveilleuse aventure qui s'ouvrait à elle.

Leur mariage, célébré dans l'ancienne chapelle de Heston Grange, avait été un conte de fées. Elle l'avait vécu comme un rêve, un rêve qui se réalisait et qui prenait la forme d'une somptueuse fête de deux jours, avant de se poursuivre dans l'intimité, en lune de miel à Paris.

Au soir de sa nuit de noces, Emily était encore vierge. Quand elle se rappelait la manière dont il lui avait fait l'amour pour la première fois, avec une tendresse, une délicatesse et une sorte de révérence émue, elle en avait encore les larmes aux yeux. Il l'avait tenue dans ses bras comme une poupée de porcelaine, et l'avait comblée de douceur pour lui offrir cette cérémonie magique.

C'était sans doute parce que cette nuit s'était déroulée dans un tel état de grâce qu'elle avait été si avide, dès le lendemain, de s'abandonner à un corps à corps plus passionné. L'ardeur de leurs étreintes s'était enflammée, et elle ne l'en avait aimé que davantage. Ils avaient fait l'amour du matin au soir, sortant tard pour admirer le coucher de soleil sur la Seine et dîner sur une péniche, avant de s'embrasser encore dans les rues romantiques de la capitale.

Mais leur retour à Londres, bien précoce, avait mis fin à cette extase. Dès les jours suivants, Luc était monopolisé par son travail… et par Robyn.

Ce n'était encore rien. Le drame était à venir.

Six mois plus tard, Luc lui avait annoncé qu'il prenait quelques jours de vacances pour donner une suite à leur voyage de noces. Elle avait bondi de joie. C'était exactement ce qu'elle espérait : elle et lui, complètement seuls, sur une île de l'océan Indien. Hélas, elle s'était évanouie dès l'arrivée. L'infirmier des services d'urgence lui avait expliqué que la déshydratation associée aux modifications hormonales était la cause de son malaise, puisqu'elle était enceinte.

Elle avait levé les yeux vers Luc et découvert cette expression d'effroi sur son visage. A cet instant, elle avait compris que leur mariage était mort.

— Nous allons atterrir dans une heure, déclara soudain Luc. Tu es impatiente de découvrir le château Montiart, j'espère ? Notre chambre à coucher est une merveille.

Emily était encore plongée dans ses amères pensées, et ce trait d'arrogance lui fit l'effet d'une gifle.

— Que les choses soient bien claires, Luc, répondit-elle d'un ton cinglant : je ne partagerai pas ta chambre, et je n'ai pas l'intention de m'éterniser dans ton château.

— Tu sembles oublier que j'ai la ferme intention de garder Paul avec moi, rétorqua-t-il.

— Tu ne comptes pas m'emprisonner dans une tour ? explosa-t-elle. Car si c'est le cas, je m'enfuirai avec mon fils, dès que tu auras le dos tourné !

— Je ne te le conseille pas, chérie, siffla-t-il d'un ton menaçant. Parce que je te retrouverai, et je te le ferai regretter amèrement.

Son expression faussement légère avait disparu, constata-t-elle en soutenant son regard de défi. Il était sérieux. Et dangereux. Elle réprima un frisson en songeant à ce que pourrait être la fureur de Luc Vaillon si elle prenait la fuite une seconde fois.

Oh, Seigneur, pourquoi était-ce si compliqué ? Elle ne voulait pas être l'otage de cet homme, mais elle savait aussi que son fils méritait d'être élevé auprès de ses deux parents. Pourtant, elle n'allait tout de même pas reprendre la vie commune avec Luc ! Il faudrait qu'il se rende à la raison, songea-t-elle avec désespoir. Au fond, peut-être comprendrait-il au bout de quelques jours qu'un divorce à l'amiable, avec droit de garde alterné, était la meilleure solution.

Pour l'heure, elle avait besoin de se rafraîchir et de reprendre son calme. Elle se leva donc de son siège pour se rendre à la salle de bains.

Elle connaissait bien ce jet, à bord duquel elle avait voyagé plusieurs fois. Elle appréciait les vastes lavabos, les eaux de Cologne et les flacons de lait hydratant mis à sa disposition. Passant un peu d'eau fraîche sur son visage, elle se répéta que tout se déroulerait bien si elle parvenait à demeurer calme, et à ne pas répondre aux provocations de son mari.

Mais en baissant les yeux sur le sol dallé, elle se rappela le jour où elle avait fait l'amour avec Luc, ici, dans les airs… Ils avaient beaucoup ri. Elle revit son corps nu contre le sien, et une onde de désir enfla dans son bas-ventre au souvenir de ses coups de reins, qui la propulsaient vers des cimes de plaisir…

— Pourquoi m'as-tu quitté ?

Elle sursauta. Il venait d'ouvrir la porte et se tenait devant elle, le visage indéchiffrable.

— J'aurais apprécié un peu d'intimité, répliqua-t-elle en rougissant.

— Désolé.

Le ton grave de son compagnon la surprit, et elle poussa un profond soupir.

— Tu le sais bien, murmura-t-elle. Je ne supportais plus que tu me fasses subir toutes ces humiliations.

Il plongea son regard intense dans le sien, et elle demeura immobile tandis qu'il s'approchait doucement.

Il était beaucoup trop près, songea-t-elle, affolée, alors qu'il levait une main, comme pour caresser une mèche qui tombait sur son front. Mais il n'en fit rien.

— Je t'ai vraiment humiliée, Emily ? demanda-t-il d'une voix à peine audible, sans cesser de la fixer. Quand ?

Elle recula d'un pas, mais il ferma la porte derrière lui, la saisit par le poignet, la retint avec fermeté et chuchota à son oreille :

— Tu veux parler d'humiliation ? As-tu idée de ce qu'a été ma vie après ta disparition ? Nous formions un couple heureux aux yeux de tous, un jeune couple attendant avec impatience la naissance de son premier enfant. Et du jour au lendemain, j'étais seul ! Tu étais partie, ne me laissant qu'un vague mot dépourvu d'explication, dans lequel tu ne disais ni où tu allais, ni si tu avais l'intention de revenir un jour.

Pour la première fois, Emily comprit toute l'ampleur de la colère que Luc avait accumulée depuis un an.

— Tu me fais mal, protesta-t-elle comme il serrait son poignet plus fort.

— J'ai attendu, Emily, j'ai attendu durant des semaines, poursuivit-il, imperturbable. Mais notre appartement de Chelsea est devenu un désert et il a fallu que je me rende à l'évidence : tu ne reviendrais pas. Tout mon entourage se posait mille questions…

— Tu aurais pu leur dire que j'étais auprès de ma famille, à Hampshire.

Il s'approcha encore et lui décocha un regard glacial.

— Ton égoïsme est inouï, rétorqua-t-il, visiblement choqué. Tu n'as pas eu non plus une pensée pour ta famille !

— Ma mère savait que notre couple était en crise, se défendit-elle. Mais elle m'a déclaré qu'un chef d'entreprise millionnaire avait autre chose à faire que de prendre soin d'une épouse enceinte, et que je devais accepter l'idée que tu entretiennes une relation extraconjugale avec ta secrétaire.

— Je n'ai jamais eu de maîtresse ! tonna-t-il. Ton imagination t'a joué des tours !

— Vraiment ? répliqua-t-elle d'une voix tremblante de colère. Tu mens, Luc. Je sais que tu as passé la nuit avec Robyn, le soir de ton retour d'Australie. Tu as voulu décaler ton retour de vingt-quatre heures et tu as appelé notre gouvernante. Mais ce jour-là, j'étais sortie toute la journée et je n'ai jamais reçu ce message. C'est pourquoi je me suis rendue directement à l'aéroport, pour t'attendre. Et je t'ai vu, Luc. Je *vous* ai vus. Tu avais passé un bras autour d'elle et il était évident que tu avais voulu reporter ton retour à la maison dans le seul but de passer la nuit avec elle.

Luc la dévisagea avec stupéfaction.

— Et c'est pour ça que tu m'as quitté ? J'ai perdu les premiers cris, les premiers sourires et les premiers pas de mon fils à cause d'un report de vol ?

Emily soutenait son regard avec défi.

— Je... J'admets que j'ai menti pour reporter mon retour, enchaîna-t-il avec gêne. Mais si tu m'en avais donné l'occasion, je t'aurais tout expliqué, chérie ! Au lieu de quoi, tu as préféré te comporter de manière irresponsable et me priver de la chair de ma chair. Bon sang, tu m'envoies au diable durant un an, et tu t'étonnes que je sois furieux ?

— Je sais ce que j'ai vu, répéta Emily d'une voix ferme. Tu partageais avec Robyn une intimité qui excluait tout le reste. Y compris moi, ta femme.

— Bon sang, Emily, Robyn est ma belle-sœur ! rugit-il. Je la connais depuis des années et j'admets que je l'adore ! Elle a traversé l'enfer, quand Yves est mort. Et dans la mesure où elle était au volant de la voiture dans laquelle il a laissé sa vie, elle n'a jamais cessé de se reprocher ce drame.

Emily leva les yeux vers le visage enflammé de Luc. Il semblait profondément ému et serrait toujours son poignet dans sa main d'acier.

C'était la première fois qu'ils parlaient franchement de Robyn. Autrefois, Emily avait ravalé ses soupçons, les ressassant seule et se contentant d'afficher sa méfiance à l'égard de sa rivale.

Luc baissa la tête et reprit d'une voix douce :

— Emily, il faut que tu me croies, je ne t'ai *jamais* été infidèle. Ni avec Robyn ni avec qui que ce soit d'autre.

Elle sentit ses jambes chanceler. Etait-il possible qu'il dise la vérité ? Avait-elle abusivement interprété certains signes ? Sa trop grande vulnérabilité l'avait-elle piégée ?

— Tu es resté chez elle, cette nuit-là, non ? demanda-t-elle faiblement.

— Oui, acquiesça-t-il. Robyn était en proie à une profonde déprime. Comme tu le sais, elle a été top model, et le jour où nous sommes rentrés d'Australie, elle a reçu un e-mail l'avertissant que des photos gênantes circulaient sur Internet. Elle avait accepté de poser nue, à l'époque où elle était étudiante, et cette humiliation l'avait plongée dans la détresse. Elle parlait de mettre fin à ses jours. Aussi, j'ai préféré ne pas la laisser seule. J'ai passé la nuit sur un sofa trop petit, à compter les heures qui me séparaient de toi. Je voulais assister à cette échographie. Mais j'avais si peur que Robyn ne commette un geste inconsidéré… J'étais déchiré. Dieu me pardonne, mais j'ai cru faire le bon choix.

Emily sentit soudain ses convictions vaciller. Luc

disait certainement la vérité. Personne ne mentait avec un tel aplomb.

Elle se sentit sombrer dans un abîme de culpabilité. Pourquoi avait-elle fui, au lieu d'exiger une explication ? Luc l'avait accusée de s'être comportée en enfant gâtée, et il avait raison. Elle n'en avait fait qu'à sa tête, suivant son instinct, sans se préoccuper des souffrances du père de son enfant.

Car il était non moins évident que Luc aimait Paul. A la seconde où il était apparu dans la cour de l'hacienda, il s'était précipité vers son fils.

Durant quelques secondes, elle forma un espoir fou : peut-être pourraient-ils finalement sauver ce mariage ?

Son cœur battait à tout rompre, mais ses pensées et ses doutes l'assaillaient en masse. Soudain, elle se rappela un moment particulièrement douloureux…

Si Robyn n'avait été que la belle-sœur à laquelle Luc vouait une profonde affection, pourquoi l'avait-il installée dans son appartement de Chelsea dès qu'elle était partie ? Ils avaient vécu ensemble, sous le même toit !

Dire qu'elle avait été à un cheveu de se laisser encore berner par ce monstre…

— Bien essayé, Luc, lança-t-elle en essayant encore vainement de se dégager de son emprise. Tu as presque réussi à me rouler dans la farine.

Il resta un instant bouche bée avant de s'écrier :

— Quoi ? Tu doutes de ma parole ?

Son incrédulité était presque comique, songea Emily. Mais elle n'avait guère envie de rire. Il fallait que son mari soit d'une arrogance sans limites pour s'imaginer qu'il pouvait la piéger si facilement. C'était peut-être le cas auparavant, mais il allait devoir comprendre qu'elle avait changé.

La stupéfaction de Luc était telle qu'il lâcha enfin son poignet. Aussitôt, elle passa devant lui et ouvrit la porte de la salle de bains.

Paul dormait certainement à poings fermés sous la surveillance de la nurse, mais elle voulait retourner auprès de lui au plus vite. Avant de se diriger vers son siège, elle lui décocha un regard furieux :

— Donne-moi une seule bonne raison de te croire, lança-t-elle, comme un défi.

— Il y en a une : tu es ma femme.

Ils restèrent silencieux.

Non, pensa-t-elle, ce n'était pas l'expression d'une souffrance, qu'elle lisait dans ses yeux. Aucune douleur ne pouvait percer ce mur de granit.

— Je suis peut-être encore ta femme, mais je ne suis plus la charmante idiote que tu pouvais berner en claquant des doigts, reprit-elle. Tu as perdu le pouvoir que tu avais sur moi, Luc.

— Tu crois ? demanda-t-il en l'attirant violemment vers lui. Ce n'est pas mon avis, chérie. Et j'adore les défis...

Avant même qu'elle n'ait eu le temps de protester, il pressa ses lèvres contre les siennes et l'embrassa avec une passion proche de la rage.

Emily sentit son corps s'embraser. C'était comme si une boule de feu s'engouffrait en elle, l'empêchant même d'esquisser un mouvement de retrait. Son cœur battait frénétiquement dans sa poitrine, et elle s'abandonna à cette étreinte brûlante, savourant le goût de ces lèvres avides.

Un tourbillon la propulsait au temps de sa rencontre avec Luc, comme si ce baiser était exactement le même que ceux qu'ils avaient échangés au soir de leur nuit de noces, avant qu'il ne lui fasse découvrir l'extase.

Elle laissa échapper un soupir tandis qu'il glissait ses doigts dans ses cheveux et que sa langue s'enroulait autour de la sienne, ensorceleuse.

Enfin, dans un sursaut, elle le repoussa et resta face à lui, haletante.

Il la dévisageait avec un petit sourire satisfait, comme s'il venait de prouver qu'il avait raison.

Mais n'était-ce pas le cas ?

4.

La région de la Loire était luxuriante et riche, par contraste avec l'aridité de la campagne andalouse à laquelle Emily s'était habituée.

Dans la superbe limousine qui les menait au château, elle se reprochait d'avoir répondu avec tant de ferveur au baiser de Luc, un moment plus tôt.

Cet homme était décidément diabolique. Non content de l'avoir littéralement contrainte à le suivre en France le jour où elle devait retourner en Angleterre pour régler leur divorce, il avait réussi à lui prouver qu'il exerçait toujours sur elle une effrayante attraction.

Dire qu'elle acceptait de passer quelques jours et peut-être quelques semaines avec lui, pour le bien de son enfant ! Paul s'était brièvement réveillé, à l'atterrissage du jet, pour se rendormir dans la voiture qui suivait la leur, et où se trouvaient également deux secrétaires de Luc et Mme Crawford.

Enfin, la limousine traversa un petit village avant de s'arrêter devant un portail monumental, derrière lequel s'élevait un austère édifice de pierre, flanqué d'une haute tour dominant la vallée.

Levant un regard stupéfait vers cette forteresse, Emily laissa échapper une exclamation.

— Luc ! Tu veux élever ton fils ici ? Dans ce château… *médiéval* ? demanda-t-elle, interloquée.

Le véhicule s'engagea sur le long chemin qui serpentait à travers le domaine, entre les bois touffus, un étang couvert de nénuphars épanouis, des bosquets de magnolias et des chênes centenaires.

— Ne me dis pas que tu n'es pas sensible à cette splendeur ! lança-t-il, offusqué.

— C'est somptueux, admit-elle en jetant un regard admiratif sur les dépendances du château et en apercevant le monumental escalier de pierre à l'entrée principale. C'est même un château de conte de fées, mais…

— *Mais* tu as raison, coupa-t-il. Montiart possède des origines médiévales. Il a été édifié au XVe siècle. Hélas, seules la tour et les caves à vin sont demeurées intactes. Ainsi que le donjon où croupissent les prisonniers, bien sûr…

Il lui adressa un clin d'œil avant de poursuivre :

— Néanmoins, tout l'intérieur a été restauré, isolé et décoré. J'ai moi-même dessiné les plans de la chambre de Paul. Il y sera comme un prince, fais-moi confiance.

Emily ne répondit pas. Peut-être Luc avait-il également songé à elle en lui réservant une arrière-cuisine humide, pour lui faire expier ses crimes ? Mais un frisson d'excitation l'avait saisie, et elle était curieuse d'en savoir davantage sur cette demeure familiale dont il ne lui avait pas un dit un mot lorsqu'ils vivaient ensemble.

— Le château appartient depuis 1506 à la famille Vaillon, reprit-il.

— Ah ? Comment tes ancêtres l'ont-ils conquis ?

— Par la force, je suppose, répondit-il en haussant les épaules. Un trait de caractère qui se transmet de père en fils. La légende familiale dit que l'irascible René Vaillon aurait combattu le premier propriétaire de Montiart, avant de le contraindre à lui céder le château. La fille du pauvre homme aurait voulu plaider la cause de son père, et René, subjugué par sa beauté, l'aurait épousée. Désespérée par ce mariage forcé, la malheureuse aurait refusé de partager le lit de René. Pour la punir, celui-ci l'aurait enfermée dans la plus haute tour du château, aujourd'hui disparue. Mais plutôt que de se donner à lui, elle aurait préféré se précipiter dans le vide.

Il observa un court silence avant de conclure :

— Heureusement que tu es moins prude qu'elle, chérie…

— La pauvre, murmura Emily en ignorant sa provocation. Cela prouve que depuis toujours, aucune femme ne peut accepter d'être mariée à un barbare.

Luc s'esclaffa :

— Touché !

Ils échangèrent un bref sourire, et la limousine s'arrêta devant le porche.

Emily se précipita vers l'autre voiture dont sortit bientôt Mme Crawford. Elle portait Paul dans les bras et déclara en souriant :

— M. Vaillon m'a demandé d'emmener directement le bébé dans la nursery pendant que vous visitez le château. Je sais qu'il est très difficile pour une jeune maman de ne pas être auprès de son enfant à chaque instant, mais sachez que mon rôle est seulement de vous aider quand vous en avez besoin. Cela peut être épuisant, un petit garçon de dix mois ! Il faut aussi que vous preniez du repos.

Emily répondit par un sourire de gratitude. Elle avait échangé quelques mots avec Liz Crawford dans l'avion, et avait été sensible à la gentillesse de cette femme qui venait de perdre son mari et dont les filles vivaient à l'étranger.

Tandis que la nurse s'éloignait en direction de l'aile ouest du bâtiment, elle rejoignit Luc dans le hall principal.

La pièce était entièrement lambrissée, et surmontée d'un plafond à caissons. Les hautes fenêtres laissaient filtrer les rayons du soleil, qui se réfléchissaient dans les nombreux miroirs posés sur les meubles.

Emily sentit son rythme cardiaque s'accélérer. Ces lieux étaient impressionnants, chargés d'histoire — en l'occurrence, d'une histoire familiale dont elle ne savait presque rien. Luc allait-il enfin lui permettre de pénétrer un peu l'intimité de ses secrets ?

Trois personnes se tenaient près de lui, et jetèrent un regard intrigué à la nouvelle venue : ils étaient sans doute impatients de découvrir la mystérieuse Mme Vaillon...

Gênée, Emily passa nerveusement la main sur sa jupe bariolée, pour la lisser. La majesté du château renforçait singulièrement le caractère frivole de sa tenue.

— Emily, je te présente Philippe, le majordome de Montiart. Son épouse Sylvie est notre gouvernante, et leur fille Simone se charge de l'entretien.

Emily murmura quelques paroles de politesse avant que Luc ne l'entraîne dans l'escalier.

— La famille de Philippe travaille pour les Vaillon depuis des générations, poursuivit Luc. C'est un homme merveilleux. J'espère que tu apprendras à l'apprécier autant que moi.

Emily songea qu'il n'était guère souhaitable qu'elle

60

s'attache aux habitants de Montiart : elle n'entendait pas rester ici toute sa vie, et la réflexion de Luc lui semblait déplacée.

— Pourquoi me fais-tu monter ? demanda-t-elle. J'aurais voulu visiter le rez-de-chaussée, avant d'explorer les étages.

— Je veux te faire connaître ma famille, répliqua-t-il en désignant d'un geste théâtral une suite de tableaux couvrant les murs de l'escalier à perte de vue.

Emily se tordit presque le cou en essayant d'apercevoir les derniers portraits, situés à plus d'une vingtaine de mètres au-dessus d'elle.

— Les plus récents sont en bas, poursuivit Luc. Voici mes parents.

Emily frissonna. Sur leur toile gigantesque, Jean-Louis Vaillon et sa femme Céline semblaient lui jeter un regard dédaigneux. Pourtant, elle ne les avait jamais connus. Ils étaient morts tous les deux, mais c'était là tout ce que Luc avait consenti à lui révéler.

— Ils ne semblent pas très heureux de poser pour le peintre, observa Emily.

— A la vérité, ils n'étaient pas souvent heureux, répliqua Luc. Leur mariage fut un arrangement conclu sans leur accord par leurs parents. Vois-tu, la famille de ma mère possédait les vignobles qui sont maintenant rattachés à Montiart.

— Mais… Tu veux dire qu'ils ne s'aimaient pas ? s'enquit-elle en observant le visage de M. Vaillon père, dans lequel elle reconnaissait certains traits de son mari.

Luc avait surtout hérité la grâce de sa mère, songeait-elle en admirant les pommettes saillantes et le nez fin de Céline.

— Non, dit Luc. Mon père était un homme très froid, et ma mère une femme excessivement sensible. Ils formaient un couple trop mal assorti. Ma mère a succombé très tôt à une fascination malsaine pour le destin tragique de l'épouse de René... C'est sans doute pourquoi elle a permis à l'histoire de se répéter.

Ces paroles résonnèrent quelques instants dans l'esprit d'Emily, avant qu'elle ne mesure pleinement la teneur de cette révélation.

— Q... Quoi ? Elle s'est suicidée en sautant du haut de la tour ?

Il acquiesça silencieusement.

— C'est terrible ! Quel âge avais-tu ? demanda-t-elle en dévisageant son compagnon avec effroi.

— A peu près quinze ans, répondit-il en haussant les épaules. Je ne m'en souviens plus avec exactitude.

Mais la lueur qui brillait dans ses yeux noirs disait tout autre chose, et Emily comprit que les plus infimes détails de ce drame étaient gravés à jamais dans la mémoire de Luc.

Etait-ce la raison pour laquelle il avait tant de mal à communiquer ses émotions ? Comment avait-il pu lui cacher ce traumatisme et l'enfance difficile qui s'y devinait en filigrane, du temps où ils étaient mari et femme ?

— Je suis désolée de l'apprendre, Luc, dit-elle d'une voix douce. Je suppose que ton père a été très choqué, quand il a découvert Céline...

— Oui. Ce n'était pas joli à voir, lâcha-t-il d'un ton acide.

— Oh, Luc ! C'est toi qui... ?

Emily porta une main à ses lèvres, épouvantée. En cet instant, Luc n'était plus son ennemi. Elle ne voyait plus que l'adolescent entraîné dans un monde d'une cruauté sans nom, et qui ne pouvait plus espérer que sa mère le console.

— Pourquoi ne m'as-tu jamais rien dit ? reprit-elle.

Il se raidit. Et lorsqu'il se tourna vers elle, son visage était fermé, autoritaire, glacial. Exactement comme du temps où il ne voulait pas répondre à ses questions, et où elle comprenait qu'elle n'avait pas le droit de franchir l'enceinte de son intimité. Luc était fier et viril : il ne voulait ni de sa compassion ni de son empathie.

— Ce genre de révélation est assez déplacé, au début d'un mariage, rétorqua-t-il avec hauteur. De plus, les Vaillon semblent posséder un don remarquable pour transformer une union en tragédie. Dans l'intérêt de Paul, j'espère que la nôtre échappera à la malédiction.

Emily soupira.

— C'est trop tard, Luc. Le mal est fait, c'est irréparable. Je regrette, mais ça ne va pas marcher. L'amertume et les blessures se sont accumulées entre nous. Mais je suis prête à tout faire pour que Paul n'en souffre pas. Ecoute, dans un premier temps, je veux bien essayer de m'installer près de chez toi. Je pourrais trouver une maison, au village, pour que tu lui rendes visite aussi souvent que tu le souhaites.

— Pas question, répliqua Luc en lui tournant le dos et en montant quelques marches. Tu peux t'installer où tu veux, mais mon fils reste ici. Sache que j'entends faire de ce château ma résidence principale. Et Paul sera au cœur de mes préoccupations.

— Et tes voyages d'affaires ? Tes appartements à Londres, à Tokyo, à Boston ? objecta-t-elle en le suivant.

Tu ne comptes pas l'emmener avec toi chaque fois que tu t'absentes ?

— J'ai décidé de renoncer aux voyages d'affaires, déclara-t-il. A moins qu'ils ne soient très brefs, et exceptionnels. Je reconnais qu'il n'est pas dans ma nature de déléguer, mais c'est un sacrifice que je suis disposé à faire pour mon fils.

— Un sacrifice que tu n'as pas consenti à faire pour ta femme ! lança-t-elle, amère. Non seulement tu n'étais jamais là, mais tu m'imposais des soirées mondaines dès que tu rentrais.

— Je croyais que tu aimais sortir un peu et rencontrer des gens intéressants, répliqua-t-il sans se démonter. Je ne comprends pas, tu avais tout pour être heureuse, à commencer par un splendide appartement, tenu par une gouvernante que tu appréciais. Tu avais accès à tous mes comptes en banque et la possibilité de t'offrir les garde-robes les plus extravagantes : je crois que cela aurait fait le bonheur de la plupart des femmes.

C'était là l'origine de nombre de leurs problèmes, songea Emily avec tristesse. Elle n'était pas comme « la plupart des femmes » que Luc admirait. D'ailleurs, elle ne ressemblait en rien aux précédentes conquêtes de son époux, d'après ce que Robyn lui en avait dit. La raison pour laquelle il avait choisi de l'épouser, elle plutôt que l'une de ses sœurs, resterait à jamais une énigme à ses yeux.

De même qu'elle ne s'expliquait pas ce qui poussait Luc à vouloir à tout prix redonner une chance à ce mariage.

— Tu ne peux pas me contraindre à rester ici, déclara-t-elle enfin, pour couper court à ses objections.

— Non, admit-il froidement. Mais je peux m'assurer que tu ne sortiras jamais d'ici avec mon fils.

Emily demeura interdite sur une marche et laissa son compagnon poursuivre seul sa visite du musée familial.

Elle était lasse de cette querelle. Tôt ou tard, Luc devrait revenir à la raison, songea-t-elle en s'arrêtant devant un portrait qui, davantage que les autres, retenait son attention.

Il représentait une jeune femme d'une exceptionnelle beauté. Ses cheveux longs et noirs tombaient comme un rideau de soie chatoyante sur ses épaules graciles. Son visage était le plus sculptural, le plus rayonnant de charme qu'Emily ait jamais vu. Il y avait quelque chose d'aristocratique dans ses yeux d'un bleu froid. Son expression n'était guère amicale.

A en juger par le style du peintre et par la tenue que portait le modèle, cette jeune femme appartenait à un récent épisode de l'histoire des Vaillon. Etait-elle une lointaine cousine membre du club des épouses maudites ?

A la vérité, elle représentait assez bien tout ce qu'Emily ne serait jamais : l'assurance et la distinction. Non, se dit-elle en baissant les yeux sur sa tenue presque grotesque : pour sa part, elle ne serait jamais fière, élégante et issue de la race des vainqueurs.

Sa place n'était pas ici. Pas plus que dans ce grand appartement de Chelsea où elle avait versé des torrents de larmes.

La honte et le chagrin montèrent brusquement en elle.

Elle grimpa frénétiquement l'escalier et se précipita dans un couloir, au hasard, cherchant un coin, une pièce, n'importe quel espace donnant sur l'extérieur où elle pourrait apaiser ses émotions.

Mais le château avait tout d'un labyrinthe, et elle

avait l'impression d'être dans la peau d'Alice au pays des merveilles, se cognant à d'infinies rangées de portes fermées à clé, passant dans un corridor semblable au précédent, encore et encore.

Enfin, elle aperçut au loin, sur le sol, un rectangle lumineux désignant une fenêtre et une pièce ouverte.

En poussant la porte, elle étouffa une exclamation de stupeur et découvrit une immense chambre donnant sur un balcon, et pourvue d'une cheminée de pierre monumentale. Il s'agissait à l'évidence d'une suite de maître, ouvrant sur une salle de bains et un boudoir à l'ancienne. Un peu partout, des fleurs fraîches étaient disposées sur de charmantes consoles de style Directoire.

Le plus étonnant n'était pas la pièce elle-même, mais le lit gigantesque qui y trônait. Emily se demanda si elle n'avait pas un problème de vision, tant les proportions du meuble paraissaient outrées.

Dans son encadrement de chêne ciselé, il était recouvert d'une ravissante courtepointe dont la couleur chaude était assortie aux tentures des murs.

Si l'infâme René avait présenté ce lit à son épouse, il n'était guère surprenant que celle-ci ait pris peur ! Encore qu'Emily ne pouvait imaginer de lieu plus confortable et plus accueillant pour faire l'amour avec l'homme de ses rêves...

Mais « l'homme de ses rêves » n'existait plus, se rappela-t-elle, puisqu'il l'avait précipitée dans cette sinistre farce.

Le plancher craqua derrière elle, et elle fit un bond avant de crier :

— Luc !

Portant une main à sa gorge, elle lâcha plus bas :

— Tu m'as fait peur.

— Calme-toi, je ne suis pas un fantôme, répliqua-t-il d'un ton dégagé, avant de traverser tranquillement la pièce pour venir près d'elle. La chambre te plaît ?

Remise de sa surprise, elle poussa un profond soupir.

— Luc, il faut que nous parlions.

— De quoi, ma chérie ? demanda-t-il en s'approchant plus près, et en plongeant son regard dans le sien.

— Tu… Tu le sais bien, murmura-t-elle d'une voix mal assurée. Nous ne vivons pas au Moyen Age et tu ne peux pas me retenir prisonnière ici !

Mais elle sentait déjà les effluves de son parfum l'enivrer. Elle aurait voulu qu'il s'éloigne : dans l'avion, elle avait été incapable de résister, et elle craignait de ne pas trouver la force de repousser ses avances.

— Ne dramatise pas, Emily, murmura-t-il. Je crois que tu as envie autant que moi de découvrir ce que cette chambre ne demande qu'à nous offrir.

Lisait-il dans ses pensées ? se demanda-t-elle, affolée, sans pouvoir détacher son regard du sien.

— Je le sais, poursuivit-il très bas en glissant une main dans le dos d'Emily. J'ai senti la manière dont ton corps a réagi, tout à l'heure. Je le sens *maintenant*. Et je regrette de ne pas t'avoir conduite ici dès notre nuit de noces…

Le simple son de sa voix suffisait à lui faire perdre la raison. Elle s'efforça de recouvrer ses esprits :

— Luc, je…

Il se pencha pour effleurer son cou de ses lèvres chaudes, avant d'y déposer un baiser languide. Incapable de résister, elle laissa échapper un gémissement sourd.

— Si je te prends ici et maintenant, enchaîna-t-il d'une

voix rauque en l'entraînant vers le lit, je ne pourrai plus te laisser partir.

Sur ces mots, il saisit Emily par la taille et l'embrassa avec ferveur, avant de la renverser sur le lit et de s'allonger contre elle.

Puis il remonta lentement sa jupe et glissa une main entre ses cuisses brûlantes. Frémissant sous la caresse, elle ferma les yeux et se laissa griser par le contact de ses mains affamées.

— Plus jamais je ne le pourrai, souffla-t-il à son oreille tout en laissant, du bout de la langue, de longues traces électriques sur son cou. Tu as trente secondes pour m'arrêter, sinon...

Hélas, Emily savait qu'elle était perdue. C'était Luc, qui la couvrait de baisers enfiévrés. Luc, le seul homme qu'elle avait aimé. Et si elle était vraiment honnête avec elle-même, elle devait admettre qu'il était aussi le seul homme qu'elle aimerait jamais.

En cet instant, elle ne se contrôlait plus. Son corps était un brasier, et elle sentait des ondes de désir monter entre ses cuisses, tandis qu'elle s'ouvrait à ses caresses.

Sans réfléchir, elle déboutonna d'une main fiévreuse la chemise de son compagnon pour retrouver enfin la sensation incomparable de ce large torse sous ses doigts, ce torse musclé dont elle aimait tant, autrefois, caresser la fine toison brune.

Luc poussa un grondement étouffé, et ils roulèrent sauvagement l'un sur l'autre avant d'unir leurs lèvres avec rage.

Elle n'aurait su dire combien de fois elle avait rêvé de ce moment : faire l'amour avec Luc et sentir encore sa peau lisse et douce contre la sienne. Pourtant, en cet instant, il ne s'agissait plus de caresses sensuelles, mais de l'urgence de satisfaire ce désir qui les consumait l'un comme l'autre.

Elle s'accrocha désespérément à son cou tandis qu'il retirait son pantalon d'un geste brusque.

A la hâte, il la débarrassa ensuite de son T-shirt et fit sauter l'agrafe de son soutien-gorge pour prendre dans ses mains ses deux seins déjà durcis.

— Emily..., murmura-t-il.

Il pressa ses lèvres sur ses tétons dressés, et elle se cambra avant de gémir :

— Oh, oui, Luc...

Il aurait fallu qu'elle résiste, se rappela-t-elle dans un éclair de lucidité. Mais elle ne le pouvait pas. Un tour-billon diabolique la ramenait inexorablement vers ce passé qu'elle avait fui, et elle voulait savourer tout de suite le plaisir qu'elle avait connu pour la première fois entre les bras de Luc. Ses sens étaient en fusion, et ni sa volonté ni son corps ne lui appartenaient plus. Comme lui, elle était victime de cet élan aussi incontrôlable que surpuissant.

— Viens, supplia-t-elle.

Elle avait à peine prononcé ces paroles qu'il glissa au bout du lit, se releva et la prit par les chevilles pour l'attirer vers lui.

Alors, agrippant ses hanches des deux mains, il la pénétra d'un puissant coup de reins.

Il y avait si longtemps qu'elle n'avait ressenti cette brûlure délicieuse... Le souffle coupé, Emily ferma les yeux et se laissa engloutir par les vagues de plus en plus intenses qui la gagnaient.

Bientôt, ils ondulèrent sur un rythme à la fois pressant et lancinant, et elle renversa la tête en arrière, ivre de plaisir. Soudain, il se pencha pour la redresser et l'attira vivement à lui avant de happer fiévreusement ses lèvres — comme pour lui montrer qu'en cet instant, elle lui appartenait entièrement.

Tel un brasier furieux, son corps s'abandonnait à lui, songea-t-elle dans une sorte de transe, alors qu'il s'enfonçait en elle avec une ardeur redoublée. Elle pouvait entendre le choc sourd de leurs deux cœurs, qui battaient avec violence, sur le même rythme affolé.

Jamais elle n'avait connu plaisir aussi aigu, aussi intense. Elle agrippa le couvre-lit d'une main, tant la tension montait en elle.

Elle cria au moment où elle atteignit les cimes de l'extase et il la serra contre lui avant de tomber sur le lit près d'elle, sans forces.

Leurs corps étaient brûlants, trempés de sueur. Emily écoutait son cœur, qui recouvrait peu à peu une cadence sereine.

Elle avait encore le souffle court quand elle comprit ce qui venait de se produire : elle avait commis une erreur fatale. Comment avait-elle pu céder ainsi ? Elle avait rêvé de faire l'amour avec l'homme qu'elle aimait… Mais Luc, de son côté, s'était contenté de satisfaire un désir purement physique.

C'était évident. Ce corps-à-corps bestial et frénétique en était la preuve. Comme une parfaite idiote, elle venait de donner à cet homme tout ce qu'il voulait, pour se retrouver dans la situation qu'elle avait fuie un an plus tôt : celle d'une femme-objet méprisée par un mari menteur, tyrannique et infidèle !

Luc roula sur le lit et s'appuya sur un coude avant de la contempler d'un sourire satisfait :

— Eh bien ! Je crois que nous pouvons définitivement oublier cette stupide histoire de divorce, non ?

Emily sentit la colère prendre le pas sur la consternation. Quel goujat… Et quel aplomb ! Il avait l'air si sûr de lui !

— Je me fiche comme d'une guigne de ce que tu crois, lâcha-t-elle en roulant à l'autre bout du lit pour ramener sur elle la courtepointe d'un geste rageur, et cacher sa nudité.

Elle allait contenir ses larmes. Il ne verrait pas qu'elle avait investi des émotions intimes et profondes dans ce qui n'avait été pour lui qu'un agréable passe-temps.

— Mais, Emily…

La fureur s'engouffrait en elle. Luc était fait de la même pierre froide et ancienne que celle qui composait cette demeure : il était archaïque et insensible. Au fond, il n'était que le digne héritier de son ignoble ancêtre, l'arrogant René, premier Vaillon propriétaire du château.

— Va au diable ! lança-t-elle avec aigreur. Tu as eu ce que tu voulais, et moi aussi. Alors restons-en là !

Sans mot dire, il se leva et se rhabilla avant de se diriger vers la porte de la chambre.

— Comme tu veux, chérie, déclara-t-il d'un ton badin. Je crois que tu devrais rester dans la chambre et te reposer un peu. Tu as l'air… *épuisée*. Et Robyn a organisé une petite réception pour ce soir. Tu pourras ainsi faire la connaissance de mes amis d'ici. Ils sont tous très curieux de rencontrer enfin la maîtresse du château Montiart…

— Quoi ? s'écria-t-elle, incapable d'en croire ses oreilles. Robyn est ici ?

— Naturellement.

Emily se mordit la lèvre et s'efforça de retenir les larmes d'amertume qui lui montaient aux yeux.

— Oui, *naturellement*, répéta-t-elle d'une voix faible.

— Je t'ai expliqué que le château est désormais ma résidence principale, reprit Luc. Je vais également y travailler. D'ailleurs, j'ai déjà fait venir une partie de mes dossiers. Il est donc bien normal que mon assistante personnelle se trouve ici.

Serrant les poings, Emily puisa en elle tout son courage pour présenter un visage calme à sa brute de mari. Les éléments du puzzle étaient toujours les mêmes, certes, mais l'image avait changé. En tout cas, *elle* avait changé. Non seulement Robyn ne pourrait plus exercer le pouvoir qu'elle avait eu sur elle autrefois, mais son « couple » reposait sur des bases si étranges qu'elle aurait tout le loisir d'en jouer.

Aussi prit-elle un sourire crâne :

— Je me réjouis d'avance de ce dîner, susurra-t-elle. Mais il y aura une petite difficulté pour toi, *mon chéri*. Laquelle de nous deux présenteras-tu comme la maîtresse du château ?

A sa grande satisfaction, elle vit le visage de Luc virer au noir. Fronçant les sourcils, il lui décocha un regard assassin avant de claquer la porte derrière lui.

Alors, elle s'effondra dans un oreiller et pleura à chaudes larmes.

5.

Fou de rage, Luc descendit l'escalier en songeant que ce jour aurait dû demeurer celui où il avait enfin, pour la première fois de sa vie, tenu son fils dans ses bras.

Mais un seul être dominait ses pensées : Emily. Elle le hantait. Maintenant comme autrefois.

Il traversa la salle de réception, où le dîner serait donné, et se rappela la manière dont il lui avait fait l'amour, quelques instants plus tôt. Bon sang, il avait tant aimé l'entendre dire son nom, l'écouter crier quand il lui donnait du plaisir. Si Robyn ne lui avait pas infligé ce satané dîner, il aurait peut-être pu tenter d'apaiser sa femme, qui était en ce moment seule et bouleversée, dans cette chambre encore imprégnée de leurs parfums mêlés… Si seulement il avait eu un peu de temps !

Il aurait préféré se trouver encore auprès d'elle et savourer le goût de ses lèvres infiniment sensuelles, au lieu de s'empoisonner l'existence avec un dîner qui aurait pu attendre.

Emily était blessée. Il y avait d'ailleurs de quoi. Il s'était comporté exactement comme le barbare qu'elle l'accusait d'être.

Depuis qu'il l'avait vue en Espagne, il n'avait guère

fait montre de diplomatie ni de délicatesse. Il n'en était pas fier, mais il avait besoin de reprendre le contrôle dans tous les domaines de sa vie.

Un soupçon de culpabilité l'assaillit. Il n'avait jamais eu l'intention de la heurter... Ni de se laisser dominer par ses instincts, ce qui n'était pas dans ses habitudes. C'était pourtant bien ainsi qu'il se comportait toujours avec Emily.

Dès le premier jour, il avait cédé à une impulsion dévastatrice.

Sa réaction lorsqu'il avait aperçu la plus jeune fille de lord Anthony Dyer l'avait surpris lui-même.

Sans conteste, Heston Grange était l'une des plus belles propriétés britanniques. Il avait simplement souhaité la visiter pour être certain de vouloir s'en porter acquéreur et d'offrir ainsi à sa société un symbole de prestige.

Mais entretemps, il s'était pris de sympathie pour les Dyer, qui demeuraient très attachés à cette maison appartenant à leur famille depuis des générations. Ils n'avaient plus les moyens d'entretenir un tel domaine et souhaitaient conclure le marché avec une personne de confiance.

La suggestion de Sarah Dyer l'avait cependant pris au dépourvu, et il l'avait accueillie avec amusement : quelle drôle d'idée que de lui vendre Heston Grange à condition qu'il épouse l'une de ses filles ! Sarah avait visiblement conçu ce projet dans l'espoir de conserver un pied dans le domaine.

Luc n'avait aucune intention d'accepter cette proposition et espérait qu'Anthony saurait raisonner son épouse, quand il avait assisté à ce grand dîner et rencontré les trois filles aînées. Certes, elles étaient très belles et remarquablement éduquées, mais il n'était guère sensible à leurs minauderies.

Et surtout, le mariage ne figurait pas sur son agenda.

Mais il avait rencontré Emily.

Encore aujourd'hui, deux ans après ce moment magique, il ne pouvait réprimer un sourire en se rappelant le premier regard qu'ils avaient échangé.

Rougissante et timide, cette jeune nymphe aux yeux d'un bleu intense et aux longs cheveux mordorés lui avait coupé le souffle. Sa beauté simple et naturelle était plus attractive que celle de toutes les femmes qu'il avait connues, et la timidité qu'elle lui avait manifestée avait encore accru sa fascination.

Le premier soir, il avait été incapable de détacher son regard de la sauvage Emily. Aussi avait-il accepté sans l'ombre d'une hésitation l'invitation d'Anthony Dyer : il allait séjourner une semaine à Heston Grange, avec l'espoir de mieux connaître la cadette de la famille.

Dans les jours qui avaient suivi, il avait eu toutes les peines du monde à se concentrer sur les dossiers qu'il examinait en compagnie des notaires et des agents immobiliers convoqués par les Dyer. Il ne songeait qu'à rejoindre Emily et à trouver le moyen d'apprivoiser sa nature farouche…

Il lui avait fallu déployer des trésors de patience pour faire fondre les réserves de la jeune femme. Mais il ne l'avait jamais regretté. La première fois qu'il l'avait embrassée, il avait été étonné par le plaisir incomparable qu'il en avait conçu. Et puis, Emily était comme le feu sous la glace : dès cet instant, il avait deviné la passion qui, en elle, ne demandait qu'à être allumée.

Le jour où il lui avait demandé sa main, il n'avait rien

prémédité. Une nouvelle fois, il s'était laissé guider par son instinct, et par l'élan extraordinaire qui dévastait tout en lui. Heston Grange était alors à mille lieues de ses pensées...

— Ce sera tout, monsieur ? demanda Simone en pénétrant dans la salle à manger.

Surpris, Luc contempla la table dressée, les petits bouquets de roses, l'argenterie rutilante et le magnifique service en porcelaine de Limoges hérité de l'une de ses aïeules. Puis il sourit distraitement à la jeune femme et répondit :

— C'est impeccable. Félicitations. Je vous remercie, Simone.

Bien sûr, le dîner serait réussi : Sylvie était un authentique cordon-bleu, et le service de Philippe était irréprochable.

Mais il regrettait que Robyn ne l'ait pas consulté avant d'organiser cette soirée, alors qu'il s'agissait de la première nuit d'Emily au château.

De plus, il avait pensé que sa belle-sœur resterait dans son appartement de Paris, quand il l'avait avertie de la venue de son épouse et de Paul. Pourquoi diable Robyn avait-elle bondi dans sa voiture pour faire la route jusqu'ici le jour même ? Le contrat qu'il devait « à tout prix » signer en urgence était un prétexte, il en aurait mis sa main au feu.

Sans compter que Robyn était mieux placée que quiconque pour connaître les tensions qui existaient dans son couple. D'ailleurs, c'était auprès d'elle qu'il s'était épanché, quand Emily l'avait quitté. Dès lors, comment n'avait-elle pas compris qu'il avait besoin d'un peu d'intimité avec sa femme ?

Avec lassitude, il finit par songer que, tout compte fait, la présence de Robyn tournerait peut-être en avantage. Ce serait l'occasion, pour Emily, de comprendre une fois pour toutes qu'il n'y avait rien d'ambigu dans sa relation avec son assistante.

Robyn et lui étaient unis par leur passé commun. Par le souvenir de son frère et de sa fin tragique.

Mais ce passé commençait à peser lourd, et Luc aurait parfois souhaité que Robyn s'extirpe de sa culpabilité et de son chagrin, afin qu'il puisse lui-même reprendre un peu de liberté.

Emily et Paul étaient ici, et il avait décidé de s'établir à Montiart : il ne voulait plus porter tous ces deuils, mais aller de l'avant.

— Madame, je crois que vous devriez vous réveiller, maintenant, chuchota une voix féminine.

Emily ouvrit les yeux et découvrit à son chevet le visage anxieux de Simone.

— Le dîner sera servi dans une heure : vous souhaitez certainement vous préparer, expliqua la bonne dans un anglais approximatif.

En s'étirant, Emily se redressa dans le lit et rougit en songeant que Simone avait peut-être aperçu ses vêtements jetés sur le sol, au travers de la pièce.

De pénibles souvenirs lui revinrent à la mémoire, et elle se leva en soupirant.

— Je vous remercie, Simone. Je serai prête à l'heure, ne vous inquiétez pas. Juste le temps de prendre une douche et de m'habil…

— M. Vaillon m'a demandé de vous porter ceci,

coupa la jeune femme en posant sur le lit une large boîte en carton. Son assistante l'a choisie pour vous. Elle l'a rapportée de Paris.

Fronçant les sourcils, Emily ouvrit l'emballage et en sortit une somptueuse robe de soie bleu marine, ainsi qu'une paire d'escarpins assortis.

— Oh ! Quelle robe magnifique ! s'exclama Simone.

— Oui, c'est ravissant, admit Emily en refermant la boîte. Mais j'ai mes propres vêtements.

— Mais madame, M. Vaillon a dit que…

— M. Vaillon ne me dicte pas mes tenues, répliqua Emily d'un ton ferme, avant de sourire à Simone et de lui adresser un clin d'œil.

La domestique lui rendit son sourire et s'éclipsa.

Dès qu'elle eut quitté la pièce, Emily bondit hors des draps et alla enfiler son T-shirt avant de chercher sa valise.

Ouvrant toutes les portes de la chambre, elle tomba enfin sur un dressing dans lequel toutes ses affaires avaient été soigneusement suspendues.

Simone était d'une discrétion et d'une efficacité remarquables, songea-t-elle en cherchant vainement une tenue appropriée à un dîner formel.

Hélas, elle n'avait emporté que les vêtements d'été qu'elle portait en Espagne : des jupes de coton fleuries aux couleurs vives, des robes bain de soleil, des T-shirts…

Tant pis, se dit-elle en passant dans la salle de bains pour y prendre une longue douche chaude. Il n'était pas question qu'elle enfile une robe choisie par Robyn. Luc n'avait décidément aucun tact !

Elle décida qu'elle se rattraperait sur la coiffure, et sécha soigneusement ses longs cheveux dorés par le soleil. Puis

78

elle entreprit de les coiffer en un savant chignon et lissa deux mèches sur ses tempes, en anglaises.

Piochant ensuite dans sa trousse à maquillage, elle se contenta de se poudrer légèrement le visage, d'appliquer une touche de mascara sur ses longs cils et de surligner ses lèvres d'un trait de gloss.

Après quoi, revenant dans le dressing, elle refit l'inventaire de sa garde-robe et opta, en désespoir de cause, pour un chemisier de lin vert pomme et une longue jupe blanche à volants.

Une psyché d'ébène lui renvoya son reflet. Elle semblait sur le point de se rendre à une fête de village… Au moment où elle enfilait des sandales plates, on frappa à la porte.

Son cœur bondit de joie quand elle découvrit Paul dans les bras de Liz.

— J'espère que je ne vous dérange pas, déclara la nurse en souriant. J'ai pensé que vous aimeriez jouer un peu avec lui avant que je ne le mette au lit.

— Merci, Liz ! J'ai tant dormi que j'en ai oublié l'heure !

Visiblement aussi réjoui qu'elle, Paul tendit ses petits bras vers sa mère, et Emily le souleva plusieurs fois dans les airs en l'écoutant éclater de rire.

— Je l'ai fait dîner, reprit Liz. Il a eu droit à une purée de légumes du jardin et à du colin. C'est un enfant très sage et très affectueux : je suis très heureuse de m'occuper de lui.

— Merci, répondit Emily en embrassant les pieds et les mollets de son fils. Il n'a pas l'air très fatigué. Je crois que je vais l'emmener avec moi au rez-de-chaussée. Voulez-vous me conduire à sa chambre ? Je vais lui faire prendre un bain et lui trouver une tenue adéquate !

Liz sourit et invita Emily à la suivre à l'autre bout du couloir.

Dans la nursery attenante à la chambre de Paul, Emily finissait d'habiller son fils.

— Mon amour, tu es le plus beau petit homme que j'aie jamais vu ! s'écria-t-elle en lui laçant de charmants souliers assortis à son costume bleu marine.

— Merci, mais je ne suis pas si petit, je crois, fit une voix moqueuse derrière elle.

Elle se retourna pour découvrir Luc sur le seuil de la porte. Pourquoi ce démon était-il donc si séduisant ? se demanda-t-elle en observant sa tenue simple et élégante. Il portait un costume gris anthracite qui mettait en valeur sa carrure sportive et svelte. Sa chemise blanche faisait ressortir avec subtilité son teint hâlé, et elle dut réprimer le désir de glisser une main dans ses cheveux souples et noirs.

Il fronça les sourcils en la détaillant des pieds à la tête, et elle regretta presque de ne pas avoir enfilé la sublime robe qu'il lui avait achetée.

Mais après tout, il devait apprendre qu'elle était une femme libre et indépendante. Son mari n'avait pas à lui imposer une tenue, surtout si celle-ci avait été choisie par Robyn.

Paul se mit à sourire et à babiller en voyant Luc approcher.

— Tu bénéficies d'un très grand honneur, fit remarquer Emily. Il est rare que Paul accueille ainsi les étrangers.

— Mais je ne suis pas un étranger. Je suis son père,

rétorqua Luc en prenant l'enfant dans ses bras. Peut-être m'a-t-il reconnu, d'une certaine manière...

Emily demeura un instant interdite, tandis qu'il embrassait le bébé.

Il y avait eu une telle émotion dans sa voix ! Luc ne jouait pas la comédie, quand il s'agissait de son fils. Il l'aimait sincèrement.

Et quand elle voyait s'allumer cette lueur de plaisir dans les yeux de Paul, la culpabilité la gagnait de plus belle. Mais comment aurait-elle pu prévoir que Luc se comporterait ainsi après la naissance du bébé, alors qu'il avait été odieux durant toute sa grossesse ?

— Quelque chose ne va pas ? s'enquit-il en la fixant avec intensité.

Elle répliqua aussitôt, amère :

— Tu veux dire, hormis le fait que j'ai été kidnappée et que je me trouve dans ce château contre mon gré ?

— Mon Dieu, Emily, répliqua-t-il en levant les yeux au ciel, de quoi te plains-tu ? Tu séjournes dans une superbe demeure, notre fils semble ravi, et tu t'apprêtes à savourer un dîner exquis concocté par la meilleure cuisinière de la région !

— Oui, pourquoi ne serais-je pas pleinement satisfaite ? reprit-elle d'un ton sarcastique et furieux.

— J'ai cru que tu l'étais, tout à l'heure, chérie, murmurat-il en lui adressant un regard langoureux.

— Peut-être, admit-elle en détournant les yeux. Mais cela ne change rien. Comme autrefois, tu ne veux rien partager avec moi, sauf dans un lit. Or, un mariage ne peut reposer à cent pour cent sur une entente sexuelle, si remarquable soit-elle !

— Tu parles comme une enfant gâtée, rétorqua-t-il

d'un ton acide. Je t'ai offert tout ce dont tu pouvais rêver, mais tu n'es jamais heureuse. Tu m'as privé de mon fils sans aucune raison valable, et tout ce qui t'intéresse, c'est d'obtenir le divorce pour m'extorquer de l'argent…

— C'est faux ! s'exclama-t-elle, outrée. Je ne veux pas de ton argent ! Je n'en ai pas besoin, j'ai un métier qui me fait vivre. Je ne veux *rien* recevoir de ta part, Luc !

— Je suppose que c'est la raison pour laquelle tu ne portes pas la robe que je t'ai achetée ?

— Exactement !

— J'aurais dû m'en douter, soupira-t-il. Bon, maintenant, il est temps de descendre, Emily, et j'aimerais que tu recouvres ton calme : je ne veux pas décevoir mes hôtes.

Elle lui lança un regard soupçonneux.

— Ce qui signifie ?

Gardant toujours Paul serré contre lui, il se dirigea vers la porte et l'invita à le suivre.

— Ce qui signifie que ce soir, tu vas jouer le rôle de l'épouse follement éprise de son mari, de la mère de famille épanouie et de la maîtresse de maison modèle.

Emily suivit son compagnon dans l'escalier, tout en se demandant pourquoi Luc tenait tant à cette comédie. Peut-être ne supportait-il pas l'idée que ses amis sachent qu'elle l'avait quitté, tant il était fier et orgueilleux ?

— Je regrette, répondit-elle, sarcastique, mais je n'ai remporté aucun oscar cette année.

— Vraiment ? répliqua-t-il sur le même ton. Eh bien, improvise, ma chérie ! Fais comme cet après-midi : tu étais assez convaincante, dans la peau de la femme froide et distante qui s'est ensuite laissé renverser sur un lit sans protester.

Furieuse, Emily cherchait encore une réplique quand ils parvinrent au rez-de-chaussée et qu'une splendide blonde moulée dans un fourreau de velours noir vint à leur rencontre.

— Emily ! Cela fait si longtemps ! s'écria Robyn de cette voix mi-moqueuse mi-fausse dont Emily ne se souvenait que trop bien.

Elles échangèrent une poignée de main assez froide, et Emily détailla la somptueuse créature de la tête aux pieds, en regrettant encore une fois le stupide mouvement de rébellion qui l'avait conduite à laisser sur son lit l'élégante robe de soie bleue.

— Tout le monde meurt d'impatience de rencontrer la mystérieuse Mme Vaillon, poursuivit Robyn à voix basse. Espérons que ce moment sera à la hauteur de leurs attentes !

Emily se contenta d'afficher un sourire mielleux et se garda de relever cette dernière réflexion, dont le double sens était flagrant.

Dès que Luc entra dans la salle de réception, des exclamations de joie fusèrent, et Emily le suivit tandis qu'il la présentait fièrement à chacun de ses hôtes.

— Voici mon épouse, Emily. Et vous voyez que je suis doublement comblé, puisque mon fils a hérité la beauté de sa mère.

Au prix d'un effort surhumain, elle imita son compagnon et prodigua à toute l'assistance des sourires réjouis, témoins d'un bonheur conjugal prétendument exemplaire.

Heureusement, les babillements joyeux de Paul furent bientôt au centre de l'attention générale, et Emily remercia secrètement son fils de venir ainsi à son secours. Au bout

83

de quelques instants, elle parvint à se détendre et engagea la conversation avec plusieurs amis de Luc.

Ces gens étaient si différents des hommes d'affaires et de leurs épouses hautaines qu'elle devait côtoyer, du temps où elle vivait à Londres et où son mari lui imposait des dîners mortels ! Ici, elle rencontrait les vrais amis de Luc, des hommes et des femmes qui le connaissaient depuis des années et qui lui vouaient une réelle affection. La plupart des invités vivaient dans la région d'Orléans et avaient, eux aussi, une famille.

— J'adore le costume de Paul ! s'exclama Nadine Trouvier en se tournant vers Emily, lorsqu'ils furent tous attablés dans la salle à manger et que Liz vint chercher le bébé pour l'emmener se coucher.

La vivacité de cette jeune femme aux grands yeux verts avait séduit Emily. Nadine était l'épouse de Marc, le plus vieil ami de Luc, et partageait son temps entre ses deux filles et la boutique de vêtements pour bébés qu'elle tenait à Orléans.

— Vous savez, je compte ouvrir un second magasin à Paris, et je cherche précisément ce genre de vêtements de très grande qualité, à la fois simples et sophistiqués. Où l'avez-vous acheté, si je peux me permettre de vous poser cette question ?

— Eh bien, en réalité, je ne l'ai pas acheté, je l'ai confectionné moi-même, répondit Emily, en sentant aussitôt le regard stupéfait de Luc se poser sur elle. En fait, j'ai vécu en Espagne durant quelque temps, et je suis tombée amoureuse des tissus qu'on vend sur les marchés. Il s'agit souvent de coton naturel tissé par des artisans, et à partir desquels on peut créer des tenues à la fois pratiques et esthétiques. Ainsi, vous avez vu que le col du costume se

84

détache facilement. Le pantalon dispose d'une fermeture invisible à l'arrière, pour qu'il soit possible de changer l'enfant sans le déshabiller complètement. Paul n'aime pas rester immobile très longtemps, et j'ai surtout voulu me simplifier la vie !

— Oh, je vous comprends, j'ai eu le même problème avec mes filles, répondit Nadine en riant de bon cœur avec elle. Mais, Emily, c'est un travail extraordinaire… Je suis très impressionnée ! Avez-vous créé d'autres modèles que celui-ci ?

Comme Emily acquiesçait d'un modeste hochement de tête, elle poursuivit avec enthousiasme :

— C'est fantastique ! Avez-vous pensé à les vendre ? Je pourrais vous en commander pour le magasin !

— Oui, j'ai lancé mon propre commerce en Espagne, révéla Emily, en évitant de croiser le regard de Luc. Là-bas, mes amis tiennent une école de haute cuisine qui a attiré une clientèle internationale, et quelques personnes ont également remarqué les vêtements de Paul. J'ai alors fait appel à quelques couturières recrutées parmi les jeunes filles du village, et je me suis mise à dessiner et à fabriquer plusieurs modèles. Aujourd'hui, je dois dire que c'est un petit succès ! Mon amie Laura est enchantée, et nous avons décidé de…

Elle sentit cependant le regard désapprobateur de Luc sur elle et corrigea aussitôt :

— Enfin, *quand j'étais en Espagne*, cela m'a permis de gagner un peu d'argent tout en restant à mon domicile, afin de pouvoir prendre soin de Paul. Pour être franche, je n'ai jamais été très douée pour autre chose que pour la couture…

— Et pour l'équitation, chérie, coupa Luc en l'attirant brusquement vers lui pour l'embrasser sur une tempe.

Un peu désarçonnée par ce soudain témoignage de tendresse, elle leva vers lui un regard soupçonneux tandis qu'il se penchait vers Nadine.

— Ma femme est une cavalière hors pair. Quand elle enfourche un étalon, elle n'a peur de rien ! N'est-ce pas, ma chérie ?

Les joues en feu, Emily esquissa faiblement un sourire, jetant sous cape un rapide coup d'œil aux invités. Personne ne semblait s'offusquer de cette remarque pour le moins audacieuse, et chacun admirait ce couple apparemment idyllique.

Mais, intérieurement, Emily comprenait très bien ce que Luc venait de faire : très gêné par toutes ces références à la vie que son épouse avait menée en Espagne, il avait impatiemment guetté le moment d'y mettre un terme. Il ne songeait qu'à sa comédie intitulée *Mariage au paradis*, et elle en était fatiguée, pour sa part : à force d'afficher ces sourires de circonstance, elle allait se décrocher la mâchoire.

— Sérieusement, reprit Nadine en prenant le bras d'Emily quand ils se dirigèrent vers le salon pour le café, il faut que vous persuadiez votre mari de vous installer un atelier au château. En France, le marché du vêtement pour bébés est en pleine expansion, et je suis prête à vous faire une offre très intéressante si vous acceptez de placer une partie de votre collection en dépôt dans ma boutique de Paris. Mais nous reprendrons cette discussion une autre fois…

Elle adressa un clin d'œil entendu à Emily, alors que Robyn venait vers elles avec une petite moue ennuyée :

les vêtements pour enfants ne constituaient visiblement pas un sujet de conversation apte à la captiver.

Emily rendit son regard complice à sa nouvelle alliée.

Elle était heureuse d'en avoir enfin trouvé une, et avait le pressentiment qu'elle en aurait bien besoin.

Luc et Emily sortirent sur le perron du château pour saluer de loin les voitures qui partaient avec les invités.

Naturellement, Robyn allait passer la nuit à Montiart et se trouvait auprès d'eux. En suivant son mari dans le hall, Emily songea avec aigreur qu'ils formaient un drôle de ménage à trois.

Robyn lui avait à peine adressé la parole durant la soirée, mais c'était beaucoup mieux ainsi. Au cours du repas, elle avait également tenté d'attirer l'attention de Luc par tous les moyens, et Emily n'avait été dupe des regards désespérés que lui lançait sa si fidèle assistante. Néanmoins, force était de reconnaître que Luc avait ignoré toutes ces manœuvres.

Emily en avait été étonnée. Elle était presque disposée à croire que Luc lui avait dit la vérité, dans l'avion : peut-être n'avait-il jamais entretenu de liaison avec Robyn… Mais cela ne changeait rien à son problème : il ne l'aimait pas, *elle*, pour autant !

— Je vais me coucher, annonça-t-elle d'un ton las. Je suis épuisée.

Elle avait l'impression qu'un siècle s'était écoulé depuis qu'elle avait franchi l'enceinte de l'hacienda.

— Je comprends, ma chérie, murmura-t-il d'une voix langoureuse. Laisse-moi t'aider…

Et avant qu'elle n'ait eu le temps de protester, il la souleva dans ses bras pour la porter et grimper l'escalier.

Mais il n'avait pas posé un pied sur la première marche que Robyn l'interpella :

— Luc, si cela ne t'ennuie pas, pourrais-tu m'accorder cinq minutes ? Nous devons en finir avec ce contrat.

Luc reposa Emily sur le sol et dévisagea son assistante en fronçant les sourcils.

— Il y en a pour un instant, et c'est urgent, insista Robyn. Je suis certaine qu'Emily comprendra…

— Bon sang, ça ne peut pas attendre demain ? rugit Luc.

Mais il emboîtait déjà le pas de la sublime Américaine.

— Je te le rends dans un court moment, c'est promis ! susurra Robyn à l'adresse d'Emily.

Celle-ci sentit une colère froide monter en elle :

— Garde-le autant que tu veux, répliqua-t-elle d'un ton détaché. Je n'en veux pas.

Sur ces mots, elle s'engagea dans l'escalier, sans un regard pour Luc qui demeurait interdit dans le hall, fou de rage.

Robyn pouvait bien aller au bout de son sale petit jeu, songea-t-elle en grimpant les marches, impatiente d'entrer dans la chambre de son fils et de vérifier qu'il dormait profondément. Car elle ne serait plus jamais une épouse éplorée : elle était une mère soucieuse de veiller au bien-être de son fils, et elle se passionnait pour sa nouvelle mission.

Elle resta un long moment au chevet du bébé, à écouter sa respiration régulière et à admirer son joli visage, ses joues rosies par le sommeil et sa petite bouche entrouverte, collée contre l'oreiller.

Puis elle poussa la porte derrière elle et regagna sa chambre, située à une dizaine de mètres de celle de Paul.

Elle manqua pousser un cri en découvrant Luc posté devant la porte. Il avait dû l'attendre. Et l'expression de son visage n'était guère avenante...

— Je suppose que tu es fière de toi ! accusa-t-il. Non seulement tu as passé ton temps à parler de tes projets en Espagne durant le repas, mais il a encore fallu que tu m'humilies devant Robyn en soulignant le peu d'intérêt que tu me portes !

— Je me fiche de Robyn ! rétorqua Emily avec humeur. Et que cela te plaise ou non, mon séjour en Espagne m'a offert un avenir. J'adore créer des vêtements pour enfants, mais cela t'est bien égal ! Tu n'as jamais supporté que je travaille. Crois-tu que j'ai oublié que tu m'as forcée à donner ma démission au restaurant, quand nous nous sommes mariés ?

— Enfin, Emily ! Tu ne vas pas prétendre que cette activité était épanouissante ! Tu étais serveuse !

— Oui, j'étais serveuse, mais chez Oscar's, le plus grand restaurant de Londres, et j'avais ainsi la chance de découvrir la haute gastronomie auprès de mon amie Laura ! Elle a obtenu quatre étoiles, et...

— Ah oui, s'emporta-t-il, parlons-en, de ton amie Laura ! C'est elle qui a eu la brillante idée de t'attirer en Espagne, pour que je perde totalement ta trace. Rappelle-moi de lui témoigner toute ma gratitude, à l'occasion !

— C'est une excellente idée, répondit Emily avec la même ferveur. Car elle était là, *elle*, quand j'avais désespérément besoin de quelqu'un, durant ma grossesse !

Luc la fixa longuement sans répondre.

Puis il poussa un profond soupir et se mit à arpenter la pièce de long en large.

— Je reconnais que je n'ai pas été très présent, lâcha-t-il enfin. Mais j'avais mes raisons…

— Certes, acquiesça Emily d'un ton acide. Je te faisais horreur. Mon corps de femme enceinte te dégoûtait !

A ces mots, il fit volte-face et la dévisagea avec colère.

— Comment peux-tu proférer de telles absurdités ? s'offusqua-t-il. C'est complètement faux. Je me demande où tu es allée chercher une idée pareille !

— C'est la vérité, maintint-elle. Ma mère m'a dit que certains hommes ne supportent pas la grossesse de leurs épouses, et qu'ils ont besoin de trouver un peu de réconfort auprès d'une maîtresse pour affirmer leur virilité.

Luc leva les yeux au ciel.

— Une maîtresse ! C'est insensé ! Je travaillais du matin au soir ! Bon sang, Emily, ne peux-tu comprendre que j'étais simplement surchargé ? La société traversait de graves difficultés, à cette époque. Nous savions qu'il y avait eu fraude à un haut niveau, et je ne pouvais plus rien déléguer, sauf à quelques rares personnes de confiance. J'ai cru devenir fou, durant ces quelques mois. Je t'accorde que ça tombait très mal, mais est-ce ma faute ? De plus, j'étais inquiet pour toi ! Tu étais si jeune, si frêle, j'aurais voulu que tu n'affrontes pas si vite les désagréments de la maternité. Je te voyais vomir le matin, tu étais pâle comme un linge quand je rentrais le soir, et je me reprochais de t'avoir mise dans cet état. La culpabilité n'a cessé de monter en moi, et j'ai songé que je n'aurais jamais dû t'épouser. J'aurais dû te laisser vivre parmi tes chevaux, innocente et heureuse.

Emily sentit son cœur se fendre douloureusement. Luc venait donc d'admettre qu'il avait considéré leur mariage comme une erreur.

— Même si nous regrettons tous deux ce mariage, répondit-elle d'une voix faible, je ne regretterai jamais d'avoir eu Paul. Et je ne te laisserai plus me reprocher de l'avoir emmené loin de toi. C'est *toi* qui n'as pas voulu le voir.

Luc croisa les bras et lança un regard menaçant à sa compagne.

— Quand m'as-tu donné le choix ? s'enquit-il.

— Le jour où je l'ai emmené chez toi, alors qu'il n'avait que six semaines.

— Quoi ? Tu es une menteuse, Emily, tu sais très bien que ça n'est jamais arrivé !

— Pourquoi mentirais-je ? rétorqua-t-elle avec colère. Je n'oublierai jamais ce jour, jamais ! C'était en décembre, il faisait très froid, et je me remettais tout juste de ma longue convalescence à l'hôpital. C'était le premier jour que je promenais Paul dans son landau. Je suis venue à ton appartement, mais tu n'étais pas là, et j'ai songé que je pourrais au moins présenter le bébé à ta gouvernante, Mme Patterson. Hélas, c'est Robyn, qui m'a ouvert. Elle m'a dit ce que tu viens d'admettre à l'instant : que tu pensais que notre mariage avait été une erreur. Et elle a ajouté que tu refusais de jouer le moindre le rôle dans l'éducation d'un enfant dont tu n'avais jamais voulu…

— C'est impossible ! lança Luc, les joues en feu. Je croyais pouvoir tout entendre de ta bouche, mais j'ai peine à croire que tu oses accuser ma plus fidèle collaboratrice, ma propre belle-sœur, de s'être délibérément interposée entre mon fils et moi ! Tu es vraiment descendue très bas, Emily, et je ne peux pas pardonner cela !

En se dirigeant vers la porte, il s'arrêta devant elle et ajouta :

— Robyn était aussi inquiète que moi de ta disparition !

— Oh oui, c'est évident, ironisa Emily en s'efforçant de conserver un visage impassible.

Cette réflexion décupla la fureur de Luc.

— Bon sang, pourquoi aurait-elle fait une chose pareille ? explosa-t-il. Elle voyait chaque jour combien je me désespérais de ne pas voir mon enfant. Pourquoi aurait-elle voulu me tenir à distance de lui ?

— Parce qu'elle te veut pour elle. Pour elle seule, précisa Emily d'une voix ferme. Elle a certainement craint que tu ne veuilles redonner une chance à notre union si tu voyais Paul. Mais elle s'est donné beaucoup de peine pour rien. Il serait plus facile de remonter le *Titanic* du fond de l'océan que de faire revivre ce mariage !

Durant une fraction de seconde, Luc sembla décontenancé. Mais il se reprit très vite.

— Je ne te crois pas, répéta-t-il en lui décochant un regard méprisant.

— Eh bien, pose-lui la question, répliqua Emily en le fixant droit dans les yeux. Parce que je te jure que je dis la vérité.

6.

Il n'était pas fou, non, il n'était pas fou ! Il n'avait pas été un mari odieux, abandonnant sa jeune femme enceinte...

L'accusation d'Emily résonnait dans l'esprit de Luc, et il se servit un verre d'armagnac dès qu'il entra dans son bureau.

Et il n'était pas un tyran ! Quel mari aurait souhaité voir sa femme rentrer au domicile conjugal après minuit, d'un bout de la semaine à l'autre ? Les horaires du restaurant étaient incompatibles avec les siens : c'était facile à comprendre. Hélas, pour une raison qui lui échappait tout autant aujourd'hui qu'autrefois, Emily avait tissé de profonds liens d'amitié avec cette Laura Brent, principale responsable de sa disparition.

Emily avait-elle été si malheureuse, à Londres, du temps de leur vie commune ? Il se souvenait qu'il avait été très accaparé par son travail, en effet. C'était une époque de stress, et les seuls moments de loisir qu'il consacrait à sa femme consistaient en interminables soirées organisées par Robyn...

Peut-être s'était-elle sentie seule. Emily avait été élevée à la campagne, au sein d'une famille assez nombreuse, et s'était retrouvée dans une grande ville du jour au lende-main, sans connaître personne.

Pourtant, il avait tout fait pour passer son temps libre avec elle. Oui, il avait essayé ! Bon sang, combien de fois avait-il renoncé au confort d'une chambre d'hôtel, à Oxford ou à Edimbourg, pour rouler dans la nuit et rentrer à Londres, passer quelques précieuses heures auprès d'elle ? Et elle avait toujours semblé heureuse de le voir rentrer...

Comment leur mariage avait-il pu si mal tourner ? se demanda-t-il en remplissant encore son verre.

Bien sûr, il ne pouvait pas la blâmer d'avoir mal interprété sa réaction, lorsqu'il avait appris qu'elle était enceinte. Durant les semaines et les mois qui avaient suivi, il avait certainement laissé filtrer sa terreur. Une terreur qu'elle avait reçue comme du dégoût. Hélas, il avait adopté la seule stratégie qu'il connaissait et qu'il avait acquise dès l'enfance, en marquant une distance physique et émotion-nelle chaque fois qu'il se sentait menacé par une nouvelle tragédie.

Il était seul responsable de ce travers et des dommages causés. Certes, il ne le reprochait pas à Emily.

En revanche, il n'avait pas supporté qu'elle rompe leur union uniquement à cause de sa jalousie irrationnelle. Et l'accusation mensongère qu'elle avait portée ce soir le mettait hors de lui.

Oui, elle avait forcément inventé cette histoire, se répéta-t-il. Car le contraire aurait signifié que la femme à laquelle il avait accordé toute sa confiance depuis des années l'avait délibérément trahi. Et ce ne pouvait être le cas : au fond de son cœur, il savait que la loyauté de Robyn était totale.

Dans son lit, Emily contemplait une photo de Paul prise deux semaines plus tôt à l'hacienda. La ressemblance de cet enfant avec son père était décidément frappante… Et elle se souvint de l'affection que l'enfant avait témoignée à Luc durant la journée.

Etait-il possible que Robyn lui ait menti, le jour où elle s'était trouvée face à elle, sur le seuil de l'appartement de Chelsea ?

Si Mme Patterson avait été là, ce jour-là, peut-être Emily aurait-elle pu entrer, s'asseoir devant un bureau et laisser une lettre à Luc… Mais la chaleureuse gouvernante était absente, et l'assurance de Robyn l'avait décontenancée. Il paraissait si évident que Luc avait refait sa vie avec elle qu'Emily avait immédiatement renoncé à solliciter Luc un autre jour…

— Je constate avec plaisir que tu te décides enfin à accomplir ton devoir d'épouse, lança Luc en ouvrant brusquement la porte de la chambre et en lançant un regard appréciateur sur le haut de son déshabillé.

— J'ai déjà accompli mon devoir cet après-midi, répliqua-t-elle sèchement. Et j'aurais préféré me coucher ailleurs. Si tu tiens à dormir dans cette chambre, je ne demande pas mieux qu'à m'installer autre part. Indique-moi seulement…

— N'y compte pas, coupa-t-il. Tu es ma femme et tu partages mon lit, un point c'est tout.

— Quelle chance ! répondit-elle d'un ton ironique, en regardant Luc desserrer son nœud de cravate et retirer ses chaussures. As-tu demandé à Robyn pourquoi elle ne t'a rien dit au sujet de ma visite à l'appartement ?

— C'est inutile, affirma-t-il. Je sais que tu mens. J'ai vérifié mon agenda de l'an dernier, et au moment où tu prétends être venue me présenter Paul, je me trouvais en Afrique du Sud, en partie pour affaires, mais aussi pour passer Noël en compagnie de quelques amis qui comprenaient mon désespoir d'avoir été privé de mon bébé par une épouse capricieuse.

Emily ouvrit la bouche pour protester, mais il enchaîna :

— Mme Patterson se trouvait dans le Yorkshire, auprès de sa famille, et Robyn avait pris un avion depuis notre dernier congrès à Durban pour rendre visite à ses parents, aux Etats-Unis. Par conséquent, l'appartement a été inoccupé durant tout le mois de décembre. Je ne dis pas que tu ne t'y es pas rendue, mais pourquoi as-tu inventé cette rencontre avec Robyn ? Pourquoi cherches-tu à la faire passer pour une intrigante ?

— Et pourquoi irais-je imaginer une telle histoire ? objecta-t-elle en se redressant vivement sur le lit.

Il haussa les épaules avant de retirer sa veste.

— Peut-être pour disposer d'un argument face à un tribunal, au cas où tu déciderais de me déclarer la guerre en t'entêtant à vouloir divorcer. Tu penses sans doute obtenir ainsi la bienveillance d'un juge.

Emily laissa échapper un soupir exaspéré avant de crier :

— Je suis allée *chez toi*, et j'ai vu *Robyn* ! Je ne suis pas une menteuse !

Luc déboutonna sa chemise sans mot dire. Puis il ôta son pantalon et le posa sur une chaise.

Dans la lueur des bougies disposées sur les consoles, elle pouvait apprécier ce corps athlétique uniquement vêtu d'un caleçon noir. Luc était un homme extrêmement séduisant, et elle ne put s'empêcher d'admirer ses jambes musclées, ses abdominaux et ses pectoraux finement dessinés, ainsi que sa peau mate et satinée.

— Tu veux que je te fasse l'amour ? demanda-t-il soudain en s'approchant du lit, tout en plongeant son regard dans le sien.

Cette arrogance laissa Emily pantoise : pour qui la prenait-il ?

— Certainement pas ! Je préférerais qu'on m'arrache une dent sans anesthésie !

— Alors tu es une menteuse, répliqua-t-il en se glissant près d'elle avec souplesse et en la fixant avec intensité.

Pourquoi était-elle donc incapable de lui résister ? Elle était pourtant fatiguée par cette impitoyable journée... Mais elle sentait encore une boule de chaleur se former au creux de son ventre, et une sorte de vertige monta en elle tandis qu'elle voyait le visage de Luc se rapprocher du sien.

— Non, Luc, je ne veux pas, murmura-t-elle d'une voix à peine audible.

— Menteuse, répliqua-t-il en posant ses lèvres sur son cou, faisant ainsi naître mille frissons sur sa peau.

Il avait raison, songea-t-elle en s'abandonnant à ses caresses.

Le lendemain matin, Emily sentit un rayon de soleil sur son visage et ouvrit les yeux. Eblouie, elle battit des cils et se rappela la raison de sa présence dans ce lieu si peu familier.

Un coup d'œil vers le réveil posé sur sa table de chevet

la fit bondir du lit, et elle se hâta d'enfiler une robe de chambre, avant de traverser la pièce et de se ruer dans le couloir pour surgir dans la chambre de Paul.

Mais elle ne l'y trouva pas, et fit aussitôt demi-tour pour descendre quatre à quatre l'escalier principal.

En poussant la porte de la salle à manger, elle découvrit Luc attablé devant son petit déjeuner et demeura un instant interdite.

— Tu as passé une bonne nuit, ma chérie ? demanda-t-il d'un ton affable.

— Je... Je ne comprends pas comment j'ai pu dormir si tard, balbutia-t-elle. D'habitude, je... Mais où est Paul ?

— Liz l'a emmené faire une promenade dans le jardin. Il ne tenait plus en place.

— Ah, dit-elle en s'approchant lentement et en s'asseyant à table.

— Je suis heureux que tu te sois reposée, déclara-t-il en lui servant une tasse de café. Après tout, tu n'as pas ménagé tes efforts, la nuit dernière.

Emily rougit en se remémorant ces longues heures passées à savourer les caresses de Luc durant la nuit. Sans doute n'avaient-ils sombré dans le sommeil qu'à l'aube. Mais elle regrettait d'avoir encore une fois cédé au désir si puissant que Luc lui inspirait depuis toujours.

— Y a-t-il une voiture que je pourrais emprunter, dans les garages du château ? s'enquit-elle en beurrant une tartine.

— Non, répliqua-t-il d'un ton cinglant. Je crois m'être montré très clair : tu ne t'enfuiras pas une seconde fois.

Emily frissonna en croisant son regard menaçant. Les hostilités étaient donc de nouveau ouvertes.

— Tu sais parfaitement que tu ne peux pas me retenir

prisonnière ici, rétorqua-t-elle. Et si cela peut te rassurer, je sortirai seule, en laissant Paul avec Liz. Mais j'ai besoin de quitter le château, ne serait-ce que pour visiter le village de Montiart.

— Je suis curieux de savoir pourquoi tu tiens tant à partir, dit-il en lui lançant un regard inquisiteur. J'ose espérer que ça n'a aucun rapport avec cette idée insensée de monter ta propre affaire ?

Blessée, Emily se raidit.

— J'ai la ferme intention de monter mon atelier, affirma-t-elle. Et j'aimerais en effet me trouver un local. Je n'ai pas besoin d'un très grand espace, mais il faudra que je puisse à la fois y travailler et stocker les tissus et les collections.

— J'espère que Paul comprendra ton excellente raison de l'abandonner, répondit-il.

— C'est ridicule, je n'ai aucune intention de l'abandonner, se défendit-elle avec vigueur. M'occuper de mon fils est ma priorité, et je ne te permets pas d'en douter. Ce n'est pas toi qui t'es réveillé toutes les deux heures durant les six premiers mois de sa vie pour le nourrir, le changer, et veiller à ce qu'il ne souffre pas de reflux gastriques !

— Mais je l'aurais fait, si tu m'en avais donné l'opportunité ! lança-t-il en retour.

Emily prit une longue inspiration avant de demander d'un ton moins vif :

— Tu ne vas pas travailler, aujourd'hui ?

Il mordit à belles dents dans une tartine de confiture et lui décocha un sourire satisfait.

— Ainsi que je te l'ai dit, j'apprends à déléguer, expliqua-t-il avec détachement. Et je viens tout juste de retrouver mon fils : je n'ai aucune intention de le laisser. Pas plus que sa mère.

— Quoi ? lâcha-t-elle avec une grimace d'horreur. Tu vas rester là, toute la journée... autour de moi ?

— Exactement. J'entends veiller à ton bonheur, ma chérie.

— Ah ? Pourquoi ? Nous n'avons que mépris et méfiance l'un pour l'autre. J'aimerais que tu m'expliques pourquoi tu tiens tant à nous enfermer une nouvelle fois dans un mariage malheureux et sans amour.

Visiblement décontenancé par ces paroles directes, Luc soupira et attira la main d'Emily vers la sienne.

— Chérie, je ne dirais pas que notre mariage était sans amour.

Elle frémit. Avait-elle rêvé, ou avait-elle réellement perçu un profond chagrin dans sa voix ? Il n'allait tout de même pas prétendre qu'il l'avait aimée ?

— Nous adorons Paul tous les deux, reprit-il d'un ton où ne perçait plus aucune émotion. Nous devrions oublier le passé et tenter de donner une chance à cette famille. Notre fils mérite une enfance équilibrée et heureuse, non ?

— Oui, évidemment, soupira-t-elle. Mais tu sais aussi que ce n'est pas si simple. Je suis convaincue que cela ne marchera pas. Les blessures sont trop profondes, de chaque côté.

— Mais nous pouvons au moins *essayer*, Emily ! insista-t-il en serrant sa main dans la sienne. S'il te plaît...

Il porta la main de la jeune femme à ses lèvres et l'effleura d'un baiser d'une douceur telle qu'elle sentit un courant électrique parcourir tout son corps.

— Tu vois ? reprit-il en la fixant avec intensité. Ce ne sera jamais fini entre nous, chérie. Il y a cette chimie, aussi intense qu'au premier jour… Nous devons essayer, non seulement pour Paul, mais pour nous-mêmes.

Incapable de répondre, Emily fixa Luc en silence. S'il était aussi désireux de rebâtir leur mariage, ne devait-elle pas à son tour faire un effort ?

Elle donna son assentiment d'un hochement de tête.

— Parfait, dit-il. Dans ce cas, nous sommes bien d'accord pour tirer un trait sur cette histoire de vêtements pour bébés ? Nous devons nous consacrer tout notre temps, afin de…

— Papa !

Ils se retournèrent ensemble pour contempler Paul avec stupéfaction. Dans les bras de Liz, l'enfant venait de crier avec fierté son deuxième mot.

— Maman, maman, chantonna-t-il en tendant les bras vers Emily, avant que celle-ci ne le prenne sur ses genoux pour le couvrir de baisers.

Tandis que Luc et Liz vantaient la vivacité de Paul, Emily caressait du bout des lèvres les cheveux bruns et fins de son fils. Elle sentait son cœur tambouriner dans sa poitrine. Luc ne venait-il pas de lui dire qu'il voulait qu'elle soit de nouveau sa femme, et pas seulement dans l'intérêt du bébé ?

Cette nouvelle la bouleversait. D'une certaine manière, il lui offrait tout ce dont elle avait rêvé. Mais ce présage de bonheur était soumis à une pénible condition : elle devait renoncer à sa carrière et se concentrer sur ses rôles d'épouse et de mère.

« Ce ne sera jamais fini entre nous », avait-il murmuré. Cette seule déclaration valait bien ce sacrifice. Luc était à ses yeux beaucoup plus important que le plus passionnant des métiers. Avec le temps, avec de la patience, peut-être finirait-il par l'aimer comme elle l'aimait.

Oui, elle devait saisir cette chance, se dit-elle en s'abandonnant à la joie qui montait en elle.

Pendant que Luc et Liz installaient Paul sur sa chaise afin de le faire déjeuner, elle regagna la suite et prit une longue douche chaude.

Tout était encore possible…

7.

—.Sabine était d'une beauté extraordinaire, n'est-ce pas ?

La voix familière au timbre froid résonnait dans le grand escalier monumental, sous la galerie de tableaux. Emily se retourna pour découvrir Robyn derrière elle.

Comme à son habitude, l'assistante modèle était d'une élégance irréprochable, dans ce tailleur de lin blanc. Ses longues boucles blondes retombaient en cascade sur ses épaules, étincelantes. Elle semblait presque sur le point de tourner une publicité pour vanter les mérites d'un shampoing de luxe, songea Emily, tout en se promettant d'aller acheter quelques vêtements présentables le plus tôt possible.

Au sortir de la douche, elle avait enfilé une robe bleu ciel et des espadrilles qui, face à la bombe Robyn, lui donnaient des allures de petite fille de la campagne.

Suivant son regard, Emily fixa de nouveau la splendide femme brune encadrée, qu'elle avait déjà remarquée la veille.

— C'est vrai, elle est très belle, admit-elle. Qui est-ce ?

Robyn haussa les sourcils avec ostentation, marquant son étonnement :

— Comment ? Tu veux dire que tu ne le sais pas ? Sabine était la femme de Luc, la première Mme Vaillon. Je pensais qu'il te l'avait dit, ajouta-t-elle alors qu'Emily contemplait le portrait sans rien dire, en état de choc.

— Il... Il ne m'avait jamais révélé qu'il avait été marié une première fois, avoua-t-elle très bas, gagnée par un mélange d'humiliation et d'écœurement.

Robyn savait. Et pas elle... Elle se sentait volée, trompée. Pourquoi Luc ne l'avait-il pas jugée digne de partager ce secret ?

Voyons, n'était-ce pas évident ? Parce que sa première épouse était d'une beauté à couper le souffle, une vraie lady ! Emily ne pouvait soutenir la comparaison.

— Quand est-elle morte ? demanda-t-elle d'une voix blanche, luttant contre la nausée qui lui nouait l'estomac.

— Sabine Bressan était un très grand top model français, expliqua Robyn. Elle était même l'égérie d'un très grand couturier et avait entamé une carrière d'actrice. Je crois qu'elle était promise à un grand succès. Entre elle et Luc, ç'a été le coup de foudre. Il l'adorait, et ils formaient un couple très admiré par la presse. La mort de Sabine n'en a été que plus tragique.

— Que... Que s'est-il passé ? balbutia Emily.

Sabine n'avait tout de même pas été victime de la malédiction qui semblait peser sur les femmes de la famille Vaillon ?

— Elle a subi une grossesse extra-utérine. Elle ignorait probablement elle-même qu'elle était enceinte, quand elle s'est évanouie alors que Luc et elle étaient en vacances dans un archipel, au large de la Thaïlande. Hélas, au moment où les secours sont arrivés sur place, il était trop tard : Sabine était morte, et Luc en est tombé fou de douleur. Je crois qu'il ne s'en est jamais remis. Il l'aimait tant…, précisa Robyn du ton de la confidence. Après ce drame, il a juré de ne jamais se remarier.

— Il m'a pourtant épousée, observa Emily.

Une lueur moqueuse s'alluma dans le regard de Robyn.

— Oui, mais c'était différent, répondit-elle d'un ton lourd de sous-entendus. Il avait ses raisons…

Elle observa une courte pause avant de secouer la tête et de s'excuser :

— Je crois que j'en ai trop dit, je suis navrée. Mais j'admets que j'ai été surprise de te voir revenir. Je pensais que tu avais deviné ce qui t'attendait ici.

— Je ne te suis pas, répliqua Emily en croisant les bras sur sa poitrine. Luc m'a invitée à découvrir la demeure de sa famille, et il souhaite redonner une chance à notre mariage.

— Oui, évidemment… Que pouvait-il dire d'autre ? Mais il ne songe qu'à son fils. Il était prêt à tous les sacrifices pour que Paul vive avec lui, y compris à te ramener ici et à attendre que tu commettes une erreur fatale pour obtenir la garde exclusive du bébé.

— Vraiment ? demanda Emily en toisant sa rivale avec sévérité. C'est peut-être un conseil que tu lui as donné, Robyn, car tu ne manques pas d'idées perverses… Quitte à trahir Luc, au passage. Car tu ne lui as jamais parlé de ma visite à l'appartement de Chelsea, n'est-ce pas ? A ton avis, que penserait-il de sa formidable assistante, s'il savait qu'elle l'a empêché de voir son fils durant des mois ?

— Je te souhaite bonne chance pour le prouver, rétorqua Robyn avec un sourire impérial. La relation que Luc et moi avons bâtie est indestructible. Il me fait confiance. Peux-tu en dire de même, Emily ?

Estomaquée par l'audace de son interlocutrice, Emily sentit une vague d'humiliation engloutir ses dernières ressources. C'était la vérité : Luc préférait croire sa secrétaire plutôt que son épouse.

Le sourire de Robyn s'élargit, et elle déclara d'un ton triomphal :

— Excuse-moi, mais il faut que je trouve Luc. Nous avons des heures de travail devant nous. Et toi, Emily, comment vas-tu occuper ton temps ? demanda-t-elle en jetant un coup d'œil dédaigneux aux vêtements de la jeune femme. Je suppose que tu vas changer des couches...

Emily se retint de céder au désir de pousser l'arrogante blonde dans l'escalier.

Sans hésiter, elle fit demi-tour et courut jusque dans sa chambre pour cacher sa honte, son chagrin et sa colère.

Effondrée sur son lit, elle songea que de tous les secrets que Luc conservait jalousement, celui-ci était le plus énorme et, par voie de conséquence, le plus insupportable. Des larmes lui brûlèrent les yeux lorsqu'elle se rappela que jamais son mari ne lui avait fait confiance, ni ne l'avait jugée digne de la moindre confidence. N'avait-elle pas appris, la veille, qu'il avait perdu sa mère dans des circonstances tragiques, à peine sorti de l'enfance ? Que lui cachait-il encore ?

Dans cette révélation qui la mortifiait, le pire résidait bien sûr dans les sous-entendus de Robyn. Emily avait pu constater la beauté et la distinction de Sabine. Avait-elle vécu ici, auprès de Luc ? Durant combien de temps ?

Pensait-il encore à elle ? Peut-être revoyait-il son gracieux visage, quand il faisait l'amour à sa seconde épouse ?

Cette idée la bouleversa davantage, et elle se mit à hoqueter, étouffée de sanglots. Soudain, le fait qu'il ne lui ait jamais dit qu'il l'aimait prenait tout son sens. Et il ne l'aimerait *jamais*, puisqu'il portait encore le deuil de cette femme adorée. Même si Robyn avait voulu la blesser, ses paroles étaient frappées de bon sens : Luc ne se souciait que de savoir son fils auprès de lui, et il attendait le moment de se débarrasser d'Emily définitivement.

— Mon Dieu, ma chérie... Qu'est-ce qui t'arrive ? demanda Luc d'une voix inquiète en se précipitant à son chevet.

Repliée sur elle-même, les yeux cachés dans un oreiller, elle ne l'avait pas entendu entrer.

— Va-t'en ! Laisse-moi, articula-t-elle entre deux sanglots.

— Je n'ai pas l'intention de laisser ma femme dans cet état, objecta-t-il en s'asseyant au bord du lit et en quêtant son regard. Dis-moi ce qui peut te bouleverser ainsi...

— Sabine ! cria-t-elle en redressant vivement la tête. Robyn a pris un grand plaisir à tout me révéler au sujet de ta première épouse. As-tu seulement idée de ce que j'ai ressenti ? J'avais l'air d'une idiote ! Au nom du ciel, Luc, je suis ta femme, mais certains de tes collaborateurs en savent plus long que moi sur ta vie !

Luc venait de pâlir, à la mention du nom de Sabine. Il poussa un profond soupir et glissa maladroitement une main dans ses cheveux, très gêné.

— Bon, j'ai été marié une première fois... Et alors ? Il n'y a pas de quoi en faire une histoire.

— « Pas de quoi en faire une histoire » ? explosa-t-elle.

Ça change tout ! Je pensais que notre relation avait quelque chose d'unique. Je croyais que le fait de m'avoir épousée avait un sens, pour toi. Le seul espoir auquel je pouvais me raccrocher était celui-ci. Mais il vient de s'envoler ! Encore une fois, je suis un deuxième choix. Un lot de consolation, celui dont personne ne veut spontanément…

— Ne dis pas n'importe quoi, répondit-il en se raidissant. C'est toi que je veux, Emily.

— Oui, pour le sexe ! rétorqua-t-elle avec amertume. Parce que je suis dans les parages et que tu ne trouves pas mieux pour le moment !

— Non, c'est faux.

— Alors pourquoi ne m'as-tu jamais parlé d'elle ? cria-t-elle avec désespoir. Parce que tu l'adorais, ainsi que Robyn me l'a révélé ? Tu craignais que je ne sois jalouse ?

— Eh bien, si c'était le cas, je ne me suis pas trompé, tu ne crois pas ? répliqua-t-il d'un ton faussement enjoué.

Il aurait tant voulu qu'elle lui réponde par un sourire. Mais elle semblait bouleversée, et il sentit la culpabilité le déborder. Bon sang, il n'avait jamais eu l'intention de la blesser en ne lui parlant pas de Sabine… Il voulait seulement la protéger. Mais comme chaque fois, il s'était trompé.

— Sabine est morte dans des circonstances dramatiques, expliqua-t-il d'une voix calme. C'est un sujet qu'il m'est difficile d'aborder, et j'ai jugé impossible de te révéler que sa grossesse était la cause de son décès, alors que tu attendais toi-même un enfant.

— Tu aurais *dû* m'en parler, insista-t-elle d'une voix chargée de reproche.

Elle avait cependant conscience que l'argument de Luc

était recevable. Mais l'intensité de sa douleur emportait toute raison.

— Si tu étais honnête, poursuivit-elle, tu admettrais que tu n'as jamais voulu partager avec moi quoi que ce soit de personnel et d'intime. Nous sommes mariés depuis deux ans, et je ne sais presque rien de toi.

— Mais... Il y a un an que tu m'as quitté ! A qui la faute ?

— A toi ! C'est ta faute ! rétorqua-t-elle, acerbe. C'est ton attitude fermée qui nous a séparés, et je constate que rien n'a changé ! A tes yeux, mon rôle d'épouse ne se joue que dans un lit !

— Mais tu es venue ici toute seule, répondit-il d'une voix enjôleuse, en se collant contre elle et en lui caressant les cuisses.

— Luc, non ! protesta-t-elle en s'écartant de lui. Ne me touche pas !

— Tu as besoin d'un massage, ma chérie, affirma-t-il en plaquant ses deux cuisses contre les siennes et en faisant doucement rouler ses épaules sous ses doigts. Laisse-moi faire, essaie de te détendre un peu, et écoute-moi : Sabine appartient au passé. Aujourd'hui, il n'y a qu'une Mme Vaillon, et c'est toi. Ne serait-ce que pour Paul, essaie de te concentrer sur le présent et sur l'engagement que tu as pris ce matin.

Réduite à l'immobilité, Emily ferma les yeux. Les effluves du parfum de Luc chatouillaient agréablement ses narines. Ses doigts experts couraient sur sa peau, et mille frissons la gagnaient.

Elle aimait cet homme, elle adorait faire l'amour avec lui... Mais la blessure qu'il venait de lui infliger réveillait toutes les anciennes douleurs.

D'un geste désespéré, elle parvint à se dégager de son étreinte et releva la tête. Inspirant une longue goulée d'air, elle répondit d'un ton sans réplique :

— A compter de ce jour, je serai ta femme pour les domestiques, tes collègues et tes amis. Mais tu ne poseras plus une main sur moi. C'est fini.

Les pâles rayons du soleil filtraient à travers le rideau. L'aube se levait.

Emily ouvrit les yeux et aperçut le feuillage rouge de quelques érables dans le parc du château.

Elle avait peine à croire que c'était déjà l'automne, et qu'il y avait près d'un mois qu'elle séjournait à Montiart. Ou *seulement* un mois ? Parfois, elle avait l'impression de n'avoir jamais quitté Luc.

Pourtant, les semaines qui venaient de s'écouler n'avaient pas été faciles. Surtout durant les jours qui avaient suivi la révélation de Robyn au sujet de Sabine. Une tension était montée, et n'était pas retombée depuis.

Luc la considérait avec une certaine froideur, mais Emily n'avait pas fait marche arrière : il avait tort, ainsi qu'elle se le répétait chaque soir en versant des larmes silencieuses sur son oreiller, avant de trouver enfin le sommeil. Il la tenait à l'écart de trop d'informations, et elle ne pouvait croire que ce mariage avait une chance sur mille de marcher, si son propre mari ne lui accordait pas sa confiance.

Sa seule consolation était de ne plus subir la présence de Robyn au château depuis ce funeste jour. Peut-être Luc avait-il été fou de rage contre sa secrétaire ? Elle ne le saurait sans doute jamais.

Quoi qu'il en soit, depuis quelques jours, l'attitude de Luc à son égard s'était favorablement infléchie. Cela remontait à la fête qu'ils avaient organisée pour le premier anniversaire de Paul : la fierté de Luc devant ses amis l'avait émue, et elle regardait chaque jour grandir cette affection entre père et fils.

Un soupçon de culpabilité l'étreignait parfois, devant l'amour démesuré que Luc portait au bébé. Elle regrettait qu'il ait été privé de son fils durant les dix premiers mois de sa vie…

— Pourquoi soupires-tu, chérie ? demanda la voix chaude et encore ensommeillée de Luc, à l'autre bout de cet immense lit.

Etonnée, elle se tourna vers lui et sourit : souvent, il partait courir, très tôt le matin.

— Je pensais que tu faisais ton jogging, répondit-elle dans un souffle.

Il roula dans sa direction et s'appuya sur le traversin qui séparait symboliquement leurs espaces respectifs pour murmurer :

— Tu es malheureuse, au château ?

Elle réfléchit un long moment avant de répondre.

— Non, dit-elle avec sincérité. Seulement déboussolée.

— Je comprends.

La douceur qui perçait dans sa voix la troubla, et elle se retint de soupirer encore. Ce traversin s'élevait entre eux tel un mur de Berlin, et lui semblait désormais un obstacle définitif. Pourtant, c'était elle qui avait exigé cette séparation. Et Luc avait honoré sa promesse : chaque soir, il se retranchait de son côté du lit après lui avoir souhaité

111

bonne nuit… Sa voix était parfois empreinte d'une inflexion si sensuelle, si érotique !

Mais il semblait trouver rapidement le sommeil. A l'évidence, il ne souffrait pas, comme elle, des tourments d'un désir frustré. Hélas, Emily rêvait de ses mains sur sa peau, de ses caresses, de sa bouche sur la sienne, et elle se réveillait même parfois au beau milieu de la nuit, luttant contre le besoin de rouler sur le matelas pour se blottir contre son corps chaud.

Elle s'efforçait alors de redevenir rationnelle. Luc l'avait épousée par intérêt, pour obtenir Heston Grange. Jamais il ne l'avait aimée, et la seule raison pour laquelle il avait souhaité qu'elle réside ici était son amour pour son fils.

D'ailleurs, chaque fois qu'elle passait devant le portrait de l'exquise Sabine, elle entendait une petite voix lui souffler que Luc ne pouvait avoir oublié cette créature de rêve.

— Tu ne vas pas courir, ce matin ? demanda-t-elle en tâchant de chasser les pénibles images qui l'assaillaient.

— Non, je voudrais que tu viennes te promener dans le parc avec moi. Tu n'as pas encore visité le domaine, qui est assez vaste…

— C'est gentil, répondit-elle en haussant les sourcils.

— Tu serais étonnée de constater à quel point je peux être gentil, si tu voulais cesser de me considérer comme un ennemi, répliqua-t-il. A l'époque où nous visitions à cheval les forêts entourant Heston Grange, ma compagnie semblait te plaire…

— C'était une autre époque, soupira-t-elle en se levant.

Elle pensa alors à son cheval Kasim, qu'elle avait tant aimé.

112

— Kasim filait comme le vent, murmura-t-elle d'une voix absente.

— Kasim ? Ton étalon arabe, c'est bien cela ?

Elle approuva d'un signe de tête.

— Tu aimais beaucoup ces promenades à cheval, n'est-ce pas ? s'enquit-il.

— C'est vrai. L'équitation était mon plus grand plaisir. Rien n'était comparable à cette décharge d'adrénaline quand je montais Kasim et qu'il sautait les obstacles sur les pistes. Je n'oublierai jamais mon excitation, lorsque je partais sur son dos pour une journée dans la forêt. C'était extraordinaire.

— Mais dangereux, objecta Luc. Je sais que tu es une excellente cavalière, chérie, mais je ne comprendrai jamais comment ton père pouvait t'autoriser à monter une bête aussi véhémente que Kasim.

— Mon père était beaucoup trop accaparé par ses affaires pour se soucier de moi, répondit-elle. Je n'ai jamais apporté que déception à mes parents. Ils espéraient donner enfin naissance à un fils, quand je suis venue au monde. Puis ils ont dû constater que je n'avais pas hérité la beauté et l'esprit de mes sœurs. Je suis restée le vilain petit canard de la famille, et mes longues excursions à cheval les indifféraient au plus haut point.

Sur ces mots, elle passa dans la salle de bains pour prendre sa douche, laissant Luc stupéfait.

Il n'y avait rien d'étonnant à ce qu'Emily n'ait jamais eu confiance en elle, songea-t-il. Durant toute sa jeunesse, elle avait eu le sentiment d'être un « second choix ».

Soudain, il comprenait pourquoi elle s'était sentie si seule à Londres, tandis qu'il se consacrait à son travail du matin au soir. Sa jalousie à l'égard de Robyn prenait également tout son sens. A l'évidence, la sophistication d'une femme plus âgée qu'elle et perpétuellement présente dans sa vie avait accru, chez elle, un sentiment de menace développé depuis l'enfance.

Elle s'était comparée à Robyn comme elle s'était comparée à ses sœurs, et s'était persuadée que la balance pencherait toujours du mauvais côté.

Encore une fois, tout était sa faute : si seulement il avait pris le temps de la rassurer, et de lui dire qu'il appréciait précisément sa beauté naturelle et son caractère à la fois tendre et indépendant !

Hélas, il n'avait pas partagé ses émotions avec sa jeune et fragile épouse, préférant lui témoigner son attachement par des caresses, seulement des caresses...

Dès lors, comment pouvait-il s'étonner qu'elle soit convaincue qu'elle ne représentait rien pour lui, sauf dans un lit ?

Furieux contre lui-même, il se leva d'un bond et traversa la pièce.

— Emily ? dit-il en frappant doucement à la porte de la salle de bains. J'ai demandé à Simone de préparer des vêtements que j'ai achetés moi-même pour toi. Ils sont dans le dressing. Quand tu seras prête, rejoins-moi au rez-de-chaussée. Je voudrais que tu m'accompagnes, car j'ai quelque chose à vous montrer, à Paul et à toi...

8.

Liz avait installé Paul dans sa poussette et suivait Luc et Emily dans le grand parc de Montiart.

Emily avait compris que Luc avait fait rénover les écuries, puisqu'elle avait trouvé des vêtements d'équitation dans le dressing.

— Tu es superbe, dit-il en lui lançant un coup d'œil admiratif.

— Merci, répondit-elle d'un ton méfiant.

Il y avait si longtemps qu'elle n'avait pas porté une tenue aussi élégante : un jodhpur provenant d'une grande enseigne britannique, de somptueuses bottes en daim noir et un petit pull qui soulignait sa taille fine.

Mais tout cela était étrange, et elle demeurait sur ses gardes. Robyn n'avait-elle pas prétendu que Luc voulait entraîner son épouse à commettre un faux pas qui lui assurerait la garde exclusive de Paul ?

Certes, elle avait envie de faire une promenade à cheval et de communiquer à son fils sa passion pour ces animaux. Mais les sourires et les attentions un peu trop tendres de Luc éveillaient ses soupçons.

Ils passèrent devant une rangée de box luxueusement

aménagés, et Emily sentit un frisson d'excitation la gagner.

Luc venait d'acheter deux juments splendides, et elle prit Paul dans ses bras pour qu'il admire leurs robes alezanes et leurs crinières luisantes.

— Maman… Dada !

— Oui, mon amour, répondit-elle en riant.

Au bout de quelques instants, elle demanda à Liz de ramener le bébé au château : il était trempé.

— Nous serons de retour quand il prendra son déjeuner, annonça-t-elle en retournant vers les juments.

Elle s'efforça d'ignorer la vague de chagrin qui la submergeait à l'instant où elle croisa le beau regard brun de Mimi. Elle songeait à Kasim, que son père avait vendu juste après avoir cédé Heston Grange à Luc.

Elle en avait eu le cœur brisé.

— Tu ne sembles guère impressionnée par Mimi et Patsy, observa Luc en la fixant avec insistance.

— Oh si, elles sont très belles…, protesta Emily.

— Je viens également d'acheter un autre cheval, qui pourrait t'intéresser, enchaîna-t-il. Le garçon d'écurie l'amène ici…

Comme il regardait quelque chose derrière elle, elle se retourna.

Son cœur se mit à battre à coups redoublés.

Même à cette distance, elle l'aurait reconnu entre mille…

— Oh, Luc ! C'est impossible ! Ce ne peut pas être… Kasim ?

Tandis que le cheval approchait, elle écouta le bronchement sec et familier de ses naseaux et contempla sa majestueuse robe noire.

116

— Mon Dieu, Kasim ! s'écria-t-elle en allant vers lui et en caressant son long museau racé.

Débordant de joie, elle palpa les flancs musclés de l'animal, passa derrière lui et revint le cajoler en murmurant :

— Kasim, c'est vraiment toi…

Il poussa un hennissement bref, et elle comprit en fixant son grand regard brun qu'il l'avait également reconnue.

Jamais elle n'avait oublié l'amour qu'elle portait à ce cheval. Elle avait même enfoui son souvenir au plus profond de son inconscient, tant elle avait souffert de le perdre. En passant ses deux bras autour de l'encolure de l'étalon, elle sentit des larmes lui monter aux yeux.

Comment aurait-elle pu masquer son émotion ?

— Mon beau Kasim…, répéta-t-elle d'une voix à peine audible, tandis que l'animal semblait également gagné par une sorte d'émotion.

Puis elle retourna vivement vers Luc son visage rayonnant de bonheur :

— Oh, Luc ! Je peux à peine croire qu'il est bien réel !

Il se contenta de sourire et essuya discrètement la larme qui perlait au coin de son œil, tandis qu'elle embrassait le cheval avec ferveur.

Depuis ses quinze ans, il n'avait plus jamais pleuré. Mais le spectacle de ces retrouvailles et le sourire radieux d'Emily l'avaient touché en plein cœur.

Cette joie était si simple ! Pourquoi avait-il été incapable de procurer à son épouse cette sorte de bonheur, du temps où ils vivaient à Londres ? C'était pourtant facile.

Et rien ne pouvait le rendre lui-même plus heureux.

— Il t'a reconnue, Emily, remarqua-t-il en s'approchant. Je ne l'ai jamais vu si calme depuis qu'il est ici.

— Oh, Luc, comment l'as-tu retrouvé ? s'enquit-elle. Je croyais que mon père l'avait vendu à un étranger ?

— En effet. Et son nouveau propriétaire ne tenait pas à le laisser partir, mais j'ai fini par le persuader...

A vrai dire, songea-t-il, il avait dû fournir à cet homme des arguments assez *substantiels*. Non seulement il avait dû user de tout son charme et de persuasion, mais il lui avait fallu proposer de payer quatre fois le prix d'achat de Kasim pour convaincre le cheik Hassan de le lui céder.

— Mais... Tu ne l'as pas acheté pour moi ? demanda-t-elle, stupéfaite.

— Voyons, Emily, pour qui d'autre ? répliqua Luc en riant. Tu es la seule à pouvoir monter cette bête sauvage. Et je sais que tu l'adores.

Bouleversée, Emily s'approcha de Luc, le cœur battant à tout rompre.

— Oh ! Luc, merci, merci ! Je t'aime tant...

Elle s'interrompit aussitôt et se racla la gorge avant de corriger :

— Enfin, non... Mais j'apprécie infiniment ce geste. C'est... C'est très gentil, je suis touchée...

Mal à l'aise, elle fit un pas en arrière et sentit son cœur tambouriner de plus belle dans sa poitrine.

— Autrefois, tu me disais chaque jour que tu m'aimais, murmura-t-il en la fixant d'un regard indéchiffrable.

— Oui, eh bien... euh... Ne me le rappelle pas, s'il te plaît. Tu devais juger mon enthousiasme très envahissant.

— Non, répondit-il. Je trouvais cela charmant. J'aimais te l'entendre dire.

— Mais toi, tu ne me l'as jamais dit, objecta-t-elle en reculant encore et en s'efforçant de contrôler le flux d'émotions contradictoires qui la perturbait.

118

Il y avait la joie de retrouver Kasim, la stupeur qu'occasionnait un tel cadeau, la gratitude, les regrets, le souvenir douloureux de cette absence de « Je t'aime »...

— Ce n'est pas grave, reprit-elle, tandis qu'il allait poser une main sur son bras. Je comprends pourquoi cela t'était impossible.

Maintenant, elle comprenait. Entre eux, il y avait toujours eu Sabine.

— Retrouver Kasim est pour moi le plus beau cadeau que tu m'aies jamais fait. Je ne sais comment te remercier, enchaîna-t-elle.

— Cherche encore, murmura-t-il en s'approchant d'elle et en l'attrapant par la taille avant de presser doucement ses lèvres sur les siennes.

Emily ne se défendit pas. Elle s'abandonna à la chaleur de ce baiser dont elle rêvait depuis des semaines. La manière dont Luc la serrait contre son torse lui semblait aussi assez nouvelle. A la passion s'ajoutait un mouvement de tendresse... Mais peut-être était-ce un tour de son imagination ?

Luc savourait le goût unique des lèvres d'Emily. Il avait tant attendu ce moment ! Et il aurait tout donné pour la conduire dans l'une des granges attenantes aux écuries, la renverser dans la paille et lui faire l'amour.

Mais il savait que la jeune femme n'était pas prête, et il avait également envie de revoir ce sourire rayonnant de joie sur son visage.

— Tu es prête à monter Kasim ? murmura-t-il à son oreille en s'écartant légèrement.

*
* *

Les heures qui suivirent parurent à Emily les plus belles de sa vie. Luc avait insisté pour qu'elle soit très prudente et qu'elle n'engage pas un galop sur Kasim, qui se familiarisait encore à son nouvel environnement et pouvait avoir des réactions inattendues.

Emily était stupéfaite de retrouver son étalon aussi puissant, aussi vif que deux ans plus tôt. Luc partageait visiblement son plaisir, sur le dos de l'une des juments.

Elle n'avait pas pratiqué l'équitation depuis cette époque, aussi sentit-elle des crampes dans tous ses membres lorsqu'ils rentrèrent à l'écurie.

— Je veux que tu me promettes de ne jamais le chevaucher seule, lui demanda Luc quand le garçon d'écurie mena Kasim dans son box.

Elle était épuisée par leur course, et sentait ses muscles endoloris gonfler sous son jodhpur.

— En toute sincérité, je pense que Kasim est trop gros et trop puissant pour toi, et si tu ne l'aimais pas si profondément, je t'aurais acheté un autre cheval.

Durant leur promenade, il avait vu défiler les effrayantes images d'une chute mortelle. Il avait vu le sang couler, Emily grièvement blessée, une chambre d'hôpital...

Comment survivrait-il, si elle se blessait par sa faute ? N'était-il pas complètement fou de lui avoir rendu ce cheval ?

Rouge et essoufflée, Emily répliqua avec fermeté :

— Donne-moi un peu de temps, nous devons nous réhabituer l'un à l'autre, c'est tout...

Luc fronça les sourcils.

— Je suis sérieux, Emily. Je ne veux pas que tu montes ce cheval si tu n'es pas en compagnie d'un garçon d'écurie ou avec moi. Je ne te laisserai pas jouer avec ta vie.

— Qu'est-ce que je dois faire, pour te prouver que je ne suis pas une fillette de six ans ? rétorqua-t-elle.

— C'est déjà fait, chérie, répondit-il en lui décochant un sourire complice. Et si tu veux me rappeler que tu es une femme dans tous les domaines, je ne m'en plaindrai pas !

Emily partit d'un rire cristallin et sentit son cœur sursauter de joie.

Leur complicité retrouvée était le plus précieux des cadeaux, et elle savoura l'harmonie qui régnait entre eux tandis qu'ils revenaient vers le château.

La vallée de la Loire était si belle, songea-t-elle en jetant un long regard sur les paysages qu'ils venaient de traverser. Elle n'avait eu aucun mal à tomber sous le charme de ces plaines verdoyantes et de ces forêts touffues.

Elle aimait aussi Montiart et ses environs, et elle sentait naître en elle une confiance nouvelle en l'avenir.

Luc s'était certainement donné beaucoup de mal pour localiser Kasim et le faire venir de l'autre bout du monde. L'homme qui accomplissait un tel effort pour elle ne pouvait la mépriser. Peut-être commençait-il à lui pardonner d'avoir tenu son fils loin de lui durant dix mois. Avec un peu de chance, il finirait même par lui accorder sa confiance. Il y avait encore un long chemin à parcourir, toutefois. La mémoire de Sabine était un obstacle entre eux. Mais même s'il ne parvenait jamais à aimer Emily comme il avait aimé sa première femme, un avenir semblait soudain possible. Et elle voulait se raccrocher à cet espoir.

Les caprices de la vie savaient, hélas, se jouer des projets tissés des meilleures intentions. Telle fut sa pensée, quelques instants plus tard, quand Philippe les accueillit et se tourna vers elle :

— M. Laroche vous attend, madame, annonça-t-il. Je l'ai conduit dans le salon.

Emily rougit : la visite du banquier ne pouvait tomber plus mal. Et comment avait-elle pu oublier ce rendez-vous ? Elle avait espéré que Luc serait absent, et qu'elle pourrait ainsi discuter avec M. Laroche des possibilités qui s'offraient à elle pour monter son entreprise.

Et elle n'avait pas eu d'autre possibilité que de prier le banquier de venir à Montiart, puisque Luc refusait qu'elle emprunte l'une des voitures du garage pour se rendre en ville.

— Etrange, commenta Luc d'une voix qui avait perdu toute chaleur. S'agit-il de l'un de tes amis, chérie ? Ou d'un rendez-vous d'affaires ?

Ignorant le regard furieux de son mari, Emily se hâta de suivre Philippe et d'entrer dans le salon.

Son visiteur se leva dès qu'il la vit.

— Enchantée, monsieur Laroche, déclara-t-elle avec un grand sourire, en tendant la main au vieil homme. Je vous prie d'excuser mon retard…

Elle s'interrompit et leva les yeux sur Luc, qui était entré dans la pièce et se tenait devant la cheminée. A sa consternation, il semblait déterminé à ne pas bouger, et à ne lui concéder aucune intimité pour cet entretien.

Préférant l'ignorer, elle invita son hôte à s'installer devant une table ronde et à y poser ses dossiers.

— Ne vous excusez pas, chère madame, c'est moi qui étais un peu en avance, dit M. Laroche en feignant avec politesse de n'avoir pas remarqué Luc. J'ai reçu la présentation de votre affaire, et je dois dire que je suis très impressionné.

122

— Merci, murmura Emily, en jetant un regard de biais vers Luc.

— Je peux vous soumettre différents plans de financement, et c'est dans le but de vous en exposer les détails que je vous propose de les examiner maintenant.

Visiblement gêné par la situation, il lui tendit un dossier qu'elle ouvrit prestement.

— Je vous remercie, reprit-elle. Je souhaite en effet monter mon propre commerce de vêtements pour enfants, et…

— Mais pas pour le moment, merci beaucoup, coupa Luc sans prêter attention à l'exclamation choquée d'Emily et en rendant le dossier à M. Laroche.

Puis il se posta devant son hôte, l'invitant ainsi à se lever.

— Voyez-vous, enchaîna-t-il d'un ton qui ne souffrait aucune réplique, ma femme doit considérer certains aspects de la question avant de se décider.

— J'ai peine à croire que tu aies osé congédier ainsi ce pauvre homme ! explosa Emily dès qu'ils furent seuls. C'était grossier, surtout quand on pense au chemin qu'il avait fait pour venir jusqu'ici !

— Je n'y suis pour rien, se défendit Luc.

— Bien sûr que si ! Tu ne m'as pas laissée me rendre en ville par mes propres moyens !

— Tu sais parfaitement que je ne veux pas que tu travailles.

— Oui, et c'est aussi pourquoi je ne voulais pas te parler maintenant de ce rendez-vous. J'ai besoin d'acquérir mon indépendance, Luc, et pas seulement pour des raisons financières. Tu ne peux pas me contraindre à vivre ici, sans activité et sans but. Je refuse de devenir une pâle imitation de ta défunte femme !

— Pourquoi faut-il que tu mêles toujours d'autres femmes à notre relation ? Sabine n'a rien à voir avec ce qui nous occupe maintenant.

Emily soupira avant de plonger son regard dans celui de Luc.

— Au contraire, soupira-t-elle d'un ton las. Sabine est très liée à ce que nous vivons en ce moment. Elle me hante. C'était une femme belle et sophistiquée : elle a sans doute été une épouse idéale et la maîtresse de maison parfaite pour le château Montiart. Je sais que je ne suis pas à la hauteur. A vrai dire, je me demande même pourquoi tu as épousé une femme aussi peu à même de rivaliser avec elle. Et pourquoi tu tenais tant à te retrouver dans un lit avec moi.

— Tu ne comprends rien ! cria Luc en se dirigeant vers la porte à grandes enjambées.

Avant de franchir le seuil du salon, il se retourna et lança avec rancœur :

— Mais je vais te dire une chose, chérie : Sabine n'a jamais installé un polochon au milieu de notre lit !

124

9.

Il était plus de minuit quand Luc entra dans la chambre.

Retranchée de son côté du lit, Emily le regarda filer vers la salle de bains.

Lorsqu'il en ressortit, il avait noué une serviette autour de ses hanches, et ses cheveux noirs étaient encore mouillés. Elle sentit une onde chaude au creux de son ventre, face au spectacle de ce corps à demi nu, dévoilé par la faible lueur de la lampe de chevet.

Les puissants muscles de son abdomen s'activèrent quand il se glissa à son tour sous les draps, et elle ferma les yeux en mimant une respiration régulière.

— Inutile de faire semblant. Je sais que tu ne dors pas, Emily, lança-t-il en soupirant. D'ailleurs, tes nuits sont courtes, depuis quelque temps.

— Qu'est-ce que tu en sais ? demanda-t-elle avec mauvaise humeur. Tu t'endors dès que tu poses la tête sur l'oreiller.

— Non, je ne dors pas beaucoup non plus, répondit-il. La frustration sexuelle est un phénomène bien pénible, n'est-ce pas ?

Elle enfonça son visage dans l'oreiller.

— Je ne sais pas, murmura-t-elle. Bonne nuit.

A l'autre bout du lit, un long soupir interrompit le silence parfait qui pesait dans la pièce.

— Je te dois des excuses, déclara Luc. Cette pique finale, dans le salon, était tout à fait déplacée.

— Peu importe. C'était la vérité, dit-elle avec tristesse. Robyn m'a dit à quel point tu aimais ta femme, et quel a été ton désespoir quand elle est morte.

— Vraiment ? demanda Luc en se redressant dans le lit. Elle a dit cela ?

Il pouvait entendre que sa compagne avait été blessée, à l'inflexion de sa voix. Elle se remettait profondément en cause, encore une fois. Saurait-elle s'apaiser, s'il lui avouait qu'il avait cessé d'éprouver de l'amour pour Sabine longtemps avant sa mort tragique ?

S'il avait eu peur de s'ouvrir à Emily sur ce chapitre de sa vie, c'est qu'il n'en était pas fier. Non seulement il avait été un mauvais époux, mais il avait été incapable de sauver la malheureuse Sabine.

Or, Emily l'avait considéré comme un héros, du moins au début de leur relation. Il aimait ce regard qu'elle posait sur lui, et qui lui rendait un peu de l'estime qu'il avait perdue après son échec avec Sabine.

Hélas, elle ne voyait plus désormais en lui qu'un menteur, et il ne pouvait l'en blâmer.

— Emily, j'ai eu tort de ne pas te parler de Sabine, dit-il. Je regrette sincèrement que tu aies appris son existence de cette manière…

— Robyn ne s'est jamais privée de semer le trouble entre nous dès qu'elle en a l'occasion, répliqua Emily.

A la surprise d'Emily, Luc ne prit pas aussitôt la défense de son assistante. Il observa un bref silence et conclut :

— On le dirait bien.

Emily retint son souffle. Avait-elle bien entendu ?

— Alors, si tu en es enfin conscient, fais-la partir, je t'en prie. Il existe forcément des dizaines de secrétaires très compétentes parmi lesquelles tu pourrais choisir une nouvelle assistante personnelle.

— Ce n'est pas si simple, répondit-il en soupirant.

— Pourquoi ? Parce qu'elle a été mariée à ton frère ? Mais Yves est mort il y a six ans, et même si je peux concevoir le chagrin de Robyn, il me semble qu'il serait temps qu'elle aille de l'avant.

Comme il ne répondait pas, elle enchaîna :

— Luc, tu as dit que tu voulais donner une seconde chance à ce mariage. Mais cela ne marchera jamais tant que Robyn travaillera avec toi. Surtout si tu persistes à accorder plus de valeur à sa parole qu'à la mienne ! Enfin, c'est incompréhensible ! Est-ce qu'elle te tient par la gorge, d'une manière ou d'une autre ?

— Oui, en un sens, lâcha-t-il d'un ton évasif.

Emily perdait patience, et la manière dont Luc venait de botter en touche la laissa perplexe. Elle s'approcha de lui et le fixa en silence, exigeant une explication.

— C'est difficile à expliquer, poursuivit-il d'une voix hésitante.

Par quel moyen pouvait-il faire comprendre à Emily que Robyn était fragile émotionnellement ? Elle avait follement aimé son frère, et la mort de celui-ci l'avait assommée de chagrin et de culpabilité.

Elle s'était alors entièrement reposée sur lui et sur l'affection que ce deuil avait fait naître entre eux. Et soudain, il mesura à quel point Robyn avait dû être déstabilisée quand il avait épousé Emily. Jusqu'alors, il lui avait accordé une attention exclusive.

— Luc, je ne comprends pas comment tu peux nourrir l'espoir que je reste ici avec Paul alors que tu me caches délibérément des informations cruciales ! lança-t-elle. Il ne t'est pas venu à l'esprit que j'avais besoin d'une activité professionnelle pour ne pas baigner toute la journée dans ces non-dits et cette atmosphère étouffante ?

— Je croyais que tu te plaisais au château, rétorqua-t-il, piqué au vif. Je ne crois pas qu'il règne ici une atmosphère étouffante. Pourquoi t'entêtes-tu à vouloir gagner de l'argent alors que tu peux obtenir tout ce que tu souhaites ?

— Il ne s'agit pas d'argent, Luc, soupira-t-elle.

— Alors de quoi ? reprit-il, exaspéré.

Elle observa une pause avant d'avouer :

— Mes sœurs n'étaient pas seulement très belles, elles étaient douées en tout. Et je me suis toujours sentie inférieure à elles. Je ne savais rien faire. Dessiner et créer des costumes pour Paul a été pour moi une révélation. Je me suis enfin découvert un talent, et la capacité de transformer ce talent en entreprise pleine de succès. Avec l'aide de Nadine Trouvier, je sais que je peux bâtir ici ce que j'ai déjà construit en Espagne.

— C'est vraiment si important, à tes yeux ? demanda-t-il.

— Oui, affirma-t-elle en hochant vivement la tête. Au moins autant que de retrouver Kasim.

— J'ai été heureux de te faire plaisir.

— Et à cause de cette dispute dans le salon, je n'ai même pas eu le temps de te remercier convenablement, répondit-elle avec douceur.

Luc s'enfonça dans le lit et se mit à tapoter du bout des doigts le traversin qui séparait leurs espaces respectifs.

Emily frémit. Elle était lasse, elle aussi, de cette guerre stupide. Elle voulait sentir le corps de son mari contre le sien, savourer ses caresses, se fondre dans leurs étreintes... Mais ce morceau de tissu symbolisait plusieurs obstacles.

Faudrait-il qu'elle lutte toute sa vie contre le fantôme de l'épouse parfaite ? Contre Robyn, alors même que Luc reconnaissait la perversité de son assistante ? Fallait-il qu'elle renonce à un métier passionnant ?

Tous leurs problèmes provenaient du manque de confiance de Luc à son égard. Si seulement il lui avouait tout ce qu'il avait sur le cœur, leur couple aurait une chance.

— Emily, je t'ai promis de respecter la barricade que tu as érigée entre nous, et je tiendrai cet engagement. Mais si tu veux bien nous débarrasser de ce polochon, je te promets de faire certains efforts.

Avait-il lu dans ses pensées ?

Elle hésita. Elle était collée au traversin, comme lui. Et elle sentait le souffle tiède de sa bouche tout près du sien.

— Je retire le traversin le jour où tu recrutes une autre assistante, répondit-elle en ignorant la bouffée de désir qui montait en elle.

— Quoi ? lança-t-il, outré. Tu voudrais que je renvoie une employée idéale et une femme que je respecte, juste pour satisfaire ton caprice ?

— Bon sang, Luc, je suis ta femme, et en tant que telle, je souhaite que tu places mes volontés au-dessus d'un membre de ton personnel !

— Tu sais que Robyn n'est pas responsable de nos problèmes conjugaux ! protesta-t-il.

— J'affirme au contraire qu'elle est à l'origine de tous nos problèmes ! C'est elle ou moi, Luc !

Elle se redressa à son tour et posa fermement une main sur le traversin.

— A toi de choisir, conclut-elle. Et jusqu'à ce que tu aies fait ce choix, le traversin reste ici.

Sur ces mots, elle tira les draps sur elle et se tourna vers le mur, sans plus prêter attention aux soupirs exaspérés de Luc.

Une autre semaine s'était écoulée, et Emily prenait son petit déjeuner en jetant un coup d'œil distrait au journal posé sur la table de la salle à manger.

Luc buvait son café en silence, comme elle.

La tension n'était pas tombée, depuis la nuit où elle l'avait mis au pied du mur, exigeant qu'il choisisse entre son assistante et sa femme.

Ils n'avaient plus abordé ce sujet depuis, et Emily regrettait le temps de leur complicité retrouvée. Les seuls sourires qu'elle voyait apparaître sur le visage de son mari étaient adressés à leur fils. Heureusement, Paul demeurait le rayon de soleil de leur vie…

Lisant la date du jour sur la première page du journal, elle s'aperçut que son cycle n'avait que huit jours de retard. Il n'y avait pas de quoi s'affoler… Mais elle avait tout de même l'intention de se rendre à pied à la pharmacie du village, pour y acheter un test de grossesse. Liz était partie au matin faire des emplettes avec Paul, mais elle n'avait pas osé lui demander ce service.

— Quelque chose ne va pas ? Tu es toute pâle, observa Luc.

— Non, tout va bien, assura-t-elle.

— Mmm… Je voudrais te montrer quelque chose. Si tu es souffrante, je crois qu'il vaut mieux que je le fasse au plus vite.

Elle leva vers lui un regard intrigué.

Comme il posait sa tasse, elle le suivit et traversa le long couloir qui menait à l'aile ouest.

Luc ouvrit la porte de l'escalier de la tour et s'y engagea, perdu dans ses réflexions.

Bon sang, qu'allait-il dire à Emily ? Comment pouvait-il lui avouer qu'il avait eu tort de A à Z, qu'il l'avait mal jugée et qu'il avait également fait fausse route en accordant sa confiance à la femme qu'elle accusait depuis si longtemps de s'être dressée entre eux ?

Il avait placé la parole de Robyn au-dessus de celle de sa femme, songea-t-il avec amertume. Après l'incident lié au portrait de Sabine, il avait été pris de doutes, et il détenait désormais la preuve définitive de la trahison de Robyn.

Néanmoins, il ne voyait pas comment réparer les dommages dont il était seul responsable.

Emily s'arrêta soudain et le contempla avec méfiance.

— Pourquoi m'as-tu conduite au sommet de cette tour ? demanda-t-elle d'une voix où perçait une vague frayeur. Tu ne veux pas me précipiter dans le vide ?

— Quelle drôle d'idée ! Pourquoi dis-tu cela ?

— Eh bien… Je suppose que tu es toujours très en colère après moi, répondit-elle d'un ton hésitant.

— Je suis furieux, oui, admit-il. Mais ce sentiment est dirigé uniquement contre moi.

131

Ce disant, il poussa une porte qui donnait sur une pièce immense et circulaire, dont les hautes fenêtres offraient une vue spectaculaire sur les jardins du château et la vallée de la Loire.

— Quel panorama ! s'écria Emily. A quoi sert cette pièce, Luc ?

— J'ai pensé que tu pourrais y installer ton atelier, répondit-il. L'orientation de la pièce te permet de bénéficier d'une lumière constante durant toute la journée. Mais si tu préfères une autre partie du château, ne... Emily, pourquoi pleures-tu ?

Emily essuyait une larme qui perlait au coin de ses yeux.

— Je suis... Oh, Luc, merci ! s'écria-t-elle.

Il était sur le point de la prendre dans ses bras, mais elle ne fit pas un mouvement dans sa direction et il préféra s'abstenir de toute maladresse. Sans doute était-il trop tard pour espérer un pardon de la part de cette femme, qu'il avait promis de protéger, de chérir, et qu'il avait blessée irrémédiablement.

Et s'il n'était pas trop tard, il avait encore quelques démarches à accomplir pour tenter de réparer ses fautes.

— Si ce lieu te convient, poursuivit-il, il sera équipé de tout ce dont tu as besoin dès la semaine prochaine. Tu trouveras des catalogues de commande dans le salon, pour choisir les machines à coudre ou les mannequins. Nadine t'indiquera les meilleurs marchands de tissus de la région, et tu pourras également te fournir en Espagne. J'ai déjà fait monter ici les cartons à dessins dans lesquels tu conserves tes patrons. Et j'ai contacté deux jeunes filles du village qui ont étudié le design et la couture et sont prêtes à t'assister, si tu retiens leurs candidatures.

Emily jeta un regard vers la console sur laquelle étaient posés ses cartons à dessins. Elle ne l'avait pas remarquée, tant ses yeux étaient brouillés de larmes.

— Je ne comprends pas…, murmura-t-elle enfin. Tu étais farouchement opposé à l'idée que je travaille.

— Oui, dit-il en baissant la tête. Mais je me suis montré égoïste. Contrairement à ce que tu imagines, je souhaite que tu sois heureuse au château. Nadine Trouvier t'a invitée à venir voir sa nouvelle boutique à Paris, et je crois que tu devrais y aller.

De plus en plus décontenancée par ce revirement complet, Emily fixa Luc avec perplexité.

— Tu… Tu veux bien que j'aille à Paris ?

— Oui. Philippe va t'y conduire cet après-midi. Tu peux emmener Liz et Paul, si tu veux.

— Mais… mais je ne sais même pas si je suis capable de faire un bon travail ici, en France…, balbutia-t-elle. En Espagne, mon commerce commençait à remporter un certain succès, mais ici, je suis dans le pays des plus grands couturiers !

Luc sourit. Il voulait qu'Emily apprenne à avoir enfin un peu confiance en elle, et il allait l'y aider, de toutes ses forces. Ainsi qu'il aurait dû le faire depuis longtemps.

— Nadine est charmante, observa-t-il. Mais crois-moi, c'est surtout une femme d'affaires avisée. Elle ne t'aurait pas fait cette proposition si elle n'était persuadée de réaliser elle-même un bénéfice en faisant appel à ton savoir-faire. Sincèrement, je pense que tu devrais aller visiter sa nouvelle boutique à Paris.

Emily demeura silencieuse un long moment. Etait-il possible que Luc ait ainsi changé du tout au tout ? Que s'était-il passé ? Il lui proposait de partir avec Paul ! Il lui faisait donc confiance !

Son émotion était telle qu'elle parvenait mal à réfléchir...

— Nous pourrions peut-être y aller tous ensemble ? suggéra-t-elle.

— C'est malheureusement impossible, répondit-il. J'ai une réunion de travail très importante à Orléans, cet après-midi. Je risque d'ailleurs de finir très tard et de ne rentrer que demain.

— Je vois, murmura Emily en se dirigeant vers une fenêtre pour contempler la vue sur le parc.

Quelque chose n'allait pas... Elle ne pouvait se défaire de cette pensée. Luc conservait une certaine distance, dans un moment qui aurait pu sceller leur réconciliation. Il y avait décidément une dimension inexplicable dans son attitude.

Mais elle devait admettre qu'elle était bouleversée. Elle se sentirait mieux dès qu'elle aurait avalé quelque chose, mais elle avait toutes les peines du monde à manger sans être gagnée par une pénible nausée, ces derniers jours.

Elle se répéta que cela ne signifiait pas forcément qu'elle était enceinte. Elle était seulement très nerveuse...

— Reste ici autant que tu veux, reprit-il. Je tiens à ce que tu choisisses un lieu où tu te sentiras à ton aise pour travailler.

— Merci, répondit-elle en se retournant vers lui. Mais... Tu t'en vas ?

— Oui, soupira-t-il en jetant un coup d'œil à sa montre. Je dois boucler plusieurs dossiers, aujourd'hui, et je préfère arriver tôt à Orléans. Appelle-moi quand tu seras à Paris, d'accord ?

— Entendu, répondit-elle.

Il disparut sans même lui avoir adressé un sourire ou un signe d'au revoir, et Emily demeura seule au sommet de la tour, écoutant le bruit de son pas résonner dans l'escalier.

Si elle s'était attendue à cela !

Emily avait appelé Nadine, qui se réjouissait de l'accueillir dans sa nouvelle boutique dès cet après-midi.

Très excitée par sa visite à Paris, Emily était remontée dans sa chambre pour enfiler l'une des nouvelles tenues qu'elle avait commandées, quand on frappa vigoureusement à la porte de sa chambre.

— Emily, je suis navrée de vous déranger, mais il faut que vous veniez voir Paul, déclara Liz quand elle ouvrit la porte.

— Que se passe-t-il ? demanda anxieusement la jeune femme en sentant le rythme de son cœur s'emballer.

— Ne vous inquiétez pas, rien de grave, mais Paul souffre beaucoup des dents.

— Mon pauvre chéri ! s'écria-t-elle en courant jusqu'au rez-de-chaussée.

Des hurlements l'avertirent que son fils traversait en effet un moment difficile : malgré le sirop appliqué sur ses gencives endolories, les deux dents de lait en pleine poussée lui infligeaient le martyre.

Paul était déjà passé par cette épreuve, mais il semblait particulièrement souffrir, cette fois-ci.

Sylvie et Simone étaient auprès de lui et tentaient de l'apaiser en lui chantant des ritournelles, mais ses pleurs redoublèrent d'ardeur.

135

Emily souleva son enfant et le serra contre elle, tout en l'embrassant et en lui murmurant des mots d'apaisement.

Hélas, deux heures plus tard, Paul criait toujours.

— Il finira par s'endormir, affirma Liz. Vous devriez aller à Paris et nous laisser ici.

— Non, ma visite peut attendre, répliqua Emily. Je vais avertir Nadine Trouvier et fixer avec elle une autre date.

Vers 16 heures, Paul s'endormit enfin, les joues rouges et bouffies de larmes.

— Mon pauvre trésor, murmura Emily en activant le mobile musical suspendu au-dessus de son lit.

— Vous devriez manger quelque chose, Emily, observa Liz. Vous êtes toute pâle, et vous n'avez pas pris le temps de déjeuner…

Emily rougit. Sylvie avait concocté l'une de ses spécialités, des encornets farcis, mais elle avait été incapable d'en avaler une bouchée.

Et si elle profitait de la sieste de Paul pour se rendre au village et acheter ce test de grossesse ? Pour perdre moins de temps, elle pouvait monter Kasim…

— En effet, je ne me sens pas très bien, admit-elle. Je vais plutôt aller prendre l'air. Je reviens dans moins d'une heure.

Quittant la chambre de son fils, elle descendit l'escalier, passant encore une fois devant le portrait de Sabine.

Sabine et Robyn… Si Luc avait enfin consenti à lui accorder le droit de travailler, tous leurs problèmes étaient loin d'être résolus.

Surtout si elle était enceinte ! Hélas, les symptômes semblaient flagrants.

Seigneur, que dirait Luc s'il apprenait qu'elle attendait

136

leur deuxième enfant ? Cette fois, il ne pourrait prétendre qu'il n'était pas aussi responsable qu'elle de cette grossesse. Car elle n'avait pas repris la pilule depuis la naissance de Paul, et il ne lui avait posé aucune question à ce sujet.

Mais Luc avait peut-être réellement changé… Il l'avait autorisée à quitter le château pour se rendre à Paris. Pourquoi ne lui avait-il pas exposé les raisons de son brusque revirement ?

Et n'était-il pas étrange qu'il passe la nuit loin de Montiart le jour même où il lui offrait cet atelier, alors qu'il avait jusqu'ici évité les voyages d'affaires ?

Soudain, un doute terrible germa dans son esprit. Peut-être avait-il tout simplement renoncé à donner une seconde chance à leur couple ? Peut-être allait-il recommencer à consacrer une bonne part de son temps libre à Robyn !

Bien sûr, comment avait-elle pu se laisser berner ? Il s'était montré froid et distant avec elle depuis des semaines !

Ce matin, il avait même fui son regard en quittant la tour. Il avait quasiment pris la fuite !

Profondément troublée, elle se hâta de gagner les écuries et de seller Kasim avant de l'enfourcher.

Seule une course au dos de son vieux compagnon parviendrait à l'apaiser.

L'étalon partit au galop, et Emily ignora le cri du palefrenier derrière elle :

— Non, madame ! Vous ne devez pas partir seule sur ce cheval !

10.

Il avait plu durant une semaine, et Kasim était resté longtemps inactif.

Sa vigueur et son enthousiasme semblaient soudain décuplés, et Emily parvint difficilement à le brider.

Gorgées d'eau, les terres du domaine faisaient parfois glisser un sabot du cheval. Mais cette contrainte l'excitait visiblement davantage. Fermement arrimée à la selle, les mains crispées sur la bride, Emily songea qu'elle venait sans doute de commettre l'une des plus belles inconséquences de sa vie. Comment pouvait-elle faire courir le moindre risque au minuscule petit être qu'elle portait en elle ?

Car elle était enceinte, elle le savait. Et quelle que soit la réaction de Luc, elle savait qu'elle aimerait cet enfant comme elle aimait Paul.

Elle approchait d'une petite route de campagne, et le vrombissement assourdissant d'une moto effraya Kasim, qui se mit à souffler des naseaux et à se cabrer.

— Doucement, Kasim ! cria Emily, comme la bride lui glissait des mains.

Elle avait immobilisé le cheval et posé un pied à terre quand il hennit avec force et partit au galop. Surprise, elle tomba à la renverse. Sa cheville gauche se tordit dans sa chute, et sa tête heurta le sol avant qu'elle ne se retrouve allongée dans les branchages d'un bosquet.

— Comment cela, elle est partie avec lui ? demanda Luc d'un ton furieux. Je vous avais donné des instructions très strictes. Mme Vaillon ne doit jamais chevaucher Kasim seule !

— Je regrette, monsieur, mais elle était déjà loin quand je lui ai crié de revenir, répondit le palefrenier avec un air penaud.

Luc renonça à accabler le pauvre homme. Il était lui-même bien placé pour savoir que la volonté d'Emily était difficile à contrer.

Fou d'inquiétude, il fit seller Patsy et partit à la recherche d'Emily.

Bon sang, que s'était-il passé ? Il avait appelé dans l'après-midi, et Philippe lui avait appris que le voyage à Paris était reporté, en raison du mal de dents de Paul.

Mais quand il avait demandé à parler à son épouse pour s'enquérir de l'état de leur fils, Liz lui avait déclaré qu'elle faisait une promenade dans le parc.

Il avait prié Philippe de la chercher, et avait rappelé un peu plus tard. Mais Emily était introuvable, et il avait décidé de revenir à Montiart.

Pour une fois, se dit-il, c'était la bonne décision. Sa femme et son fils devaient demeurer sa priorité, même lorsqu'il avait une réunion de travail importante.

Et puis, durant la matinée, il s'était remémoré le visage blême d'Emily, au petit déjeuner. Elle n'avait rien mangé.

Il y avait d'ailleurs plusieurs jours qu'elle n'avalait rien…

Cette fois, il reconnaissait les symptômes. Il pouvait se tromper, bien sûr, mais dans la mesure où Emily n'avait pas repris la pilule depuis la naissance de Paul, il y avait de fortes chances pour qu'elle soit enceinte.

Et elle chevauchait cet indomptable étalon, risquant de mettre sa vie comme celle du bébé en danger...

Il força Patsy à accélérer son allure, et galopa comme un fou vers la forêt.

Etourdie, Emily demeura quelques instants étendue sur le dos avant de parvenir à se redresser.

Sa cheville la faisait terriblement souffrir... Mais il fallait qu'elle se relève.

— Kasim ! hurla-t-elle en regardant le cheval disparaître au loin, alors que la pluie se mettait à tomber, en fine averse.

Hélas, il ne risquait pas de lui obéir. Il ne lui restait plus qu'à espérer qu'il reviendrait de lui-même à l'écurie, après quelques heures.

Elle baissa les yeux sur son pantalon troué et sur les écorchures qui constellaient ses avant-bras.

Une violente douleur lui vrillait le pied gauche, et elle sentait une bosse sur l'arrière de son crâne, mais ce n'était pas le moment de pleurer ni de perdre courage.

Néanmoins, elle craignait déjà d'avoir blessé ou tué son bébé. Un embryon de si petite taille pouvait se décrocher si facilement...

Bouleversée, elle songea à la colère de Luc lorsqu'il apprendrait qu'elle avait perdu leur deuxième enfant en désobéissant à la seule règle qu'il avait fixée en lui offrant Kasim.

140

Peut-être voudrait-il vendre le cheval ?

La pluie ruisselait sur son visage, et elle plissa les yeux en croyant distinguer une silhouette à cheval, loin devant elle.

Portant une main en visière à son front, elle sentit son cœur se figer dans sa poitrine quand elle reconnut Luc.

A cette distance, il ressemblait à un fier chevalier, et elle devait admettre qu'elle avait tout d'une dame en détresse.

Mais elle aurait préféré que son mari ne la voie pas dans cet état, pensa-t-elle, affolée, quand il parvint à une dizaine de mètres d'elle et ralentit l'allure.

Il était si beau, avec ses cheveux noirs, mouillés par la pluie, plaqués sur ses tempes !

L'expression de son visage indiquait assez clairement sa colère, hélas.

— Bon sang, Emily, puis-je savoir à quoi tu joues ? rugit-il en sautant à bas de son cheval et en courant vers elle.

— Je... Je croyais que tu avais une réunion importante, dit-elle d'une voix faible.

— Il me semble plus important de veiller à ce que ma femme cesse de se comporter comme une enfant en pleine crise de rébellion, rétorqua-t-il en scrutant son visage, avant de baisser les yeux sur ses bras couverts d'ecchymoses.

Puis il la vit boiter du pied gauche et la souleva aussitôt dans ses bras, avant de la déposer délicatement sur la selle de Patsy.

— Tu ne m'as toujours pas dit pourquoi tu es revenu ici, reprit-elle tandis qu'il marchait près du cheval en lui tenant la bride, en direction de l'écurie.

— Je t'expliquerai tout cela plus tard, coupa-t-il. Pour

le moment, je veux que tu sois au chaud dans un lit, le plus vite possible, et que le médecin vienne examiner ta cheville.

Allongée au milieu de l'immense lit de leur chambre, Emily attendait que Luc la rejoigne. Il avait demandé à ce que le médecin vienne le plus rapidement possible, et elle n'avait osé lui révéler qu'elle était peut-être enceinte.

Il poussa soudain la porte de la chambre et déposa une compresse fraîche sur son front.

— Je ne suis pas mourante, observa Emily.

— J'admire ton sens de l'humour et ton à-propos, ma chérie, répliqua-t-il d'un ton railleur.

— C'est pour te moquer de moi, que tu as interrompu ta réunion ? demanda-t-elle.

Il lui prit la main et soupira.

— Non. Je suppose que j'ai eu une sorte de pressentiment. Et j'avais besoin de te voir, pour m'assurer que tu allais bien. Quand Philippe m'a révélé qu'il ne savait pas où tu étais, j'ai été fou d'inquiétude.

— Et tu as délégué tout ton travail à Robyn, uniquement pour venir me voir ?

Il observa un moment de silence avant de répondre :

— J'ai longuement déjeuné avec Robyn, ce midi. C'est la raison pour laquelle je suis parti très tôt, ce matin.

— Je vois, murmura-t-elle en lui retirant vivement sa main et en sentant son cœur se comprimer de douleur.

— Je savais qu'elle avait menti, enchaîna-t-il.

Elle ouvrit de grands yeux et déglutit avec peine.

— Q... Quoi ?

— Je venais d'obtenir la preuve qu'elle avait menti, et

142

que tu étais bien venue à l'appartement de Chelsea alors que je me trouvais en Afrique du Sud. C'est pourquoi je tenais à la voir en tête à tête. Après notre conversation à son sujet, j'ai voulu vérifier certains détails. Et j'ai appelé ma gouvernante de Londres.

— Mme Patterson ? Mais elle n'était pas là !

— Je sais, mais elle m'a dit qu'elle avait été un peu étonnée en rentrant elle-même de vacances. Elle était sûre que quelqu'un avait séjourné dans l'appartement durant mon absence, et la seule personne qui possédait la clé de cet appartement était Robyn. Je lui avais confié un trousseau pour qu'elle puisse me déposer certains dossiers, même quand je n'étais pas là. Tous ces détails confirmaient ta version des faits.

— Bien, soupira Emily. Tu sais qu'elle a menti. Mais...

— Elle nous a menti, à toi comme à moi, précisa-t-il. Et je ne sais pas si cela peut te consoler, mais elle regrette amèrement de s'être comportée ainsi et de nous avoir causé tant de mal.

— Elle est amoureuse de toi, déclara Emily en le fixant droit dans les yeux.

Un profond chagrin se mêlait à la rancœur qu'elle nourrissait pour cette femme. Leur vie aurait sans doute été bien différente, si Luc avait été présent dans la vie de Paul dès qu'elle était sortie de la clinique.

Un bébé avait été privé de l'affection de son père, et un père de celle de son fils. C'était irréparable.

— Robyn ne travaillera plus pour moi, répondit Luc. Je lui ai donné trois mois pour trouver un nouveau poste. Elle sait que je la recommanderai chaudement, et je ne m'inquiète pas pour elle...

Il s'interrompit comme on frappait à la porte. Philippe fit entrer le médecin, et Luc sourit à Emily avant de quitter la chambre.

— Pourquoi ne m'as-tu rien dit ? s'écria-t-il en surgissant dans la pièce.

Emily ouvrit les yeux. Elle s'était endormie dès le départ du médecin, quelques instants plus tôt.

— Je… Je n'en étais pas sûre, murmura-t-elle.

La fureur de Luc était évidente, et elle sentit le désespoir monter en elle. Il ne voulait pas de cet enfant.

— Je m'en doutais ! reprit-il. Quand je t'ai vue si pâle devant ton café, ce matin… Bon sang, Emily, est-ce que tu réalises que tu aurais pu perdre le bébé ? Heureusement tout va bien : le médecin m'a affirmé qu'hormis ton entorse, tu n'avais pas souffert de cette chute. Mais pourquoi as-tu pris le risque de chevaucher Kasim dans ton état ?

— Où est-il ? demanda-t-elle d'une voix faible.

Désarçonné par cette question, il s'assit sur le bord du lit et la dévisagea avec intensité.

— De quoi parles-tu, ma chérie ? Tu vas bien ?

— Oui, je vais bien, mais où est Kasim ? Est-il rentré à l'écurie ?

Exaspéré, Luc leva les yeux au ciel.

— Oui ! Ton satané cheval a probablement retrouvé son box avant même que tu ne te couches ici, répondit-il. Je crois qu'il n'a pas apprécié de se retrouver dehors, sous l'averse.

— Tant mieux, dit-elle en poussant un soupir de soulagement. Tu es toujours en colère contre moi ?

— Oui.

144

— Parce que j'aurais pu perdre le bébé ? Je croyais que tu n'en voulais pas.

— Emily, tu es folle ? explosa-t-il. Bien sûr, que je veux de cet enfant ! Je veux tous les enfants que tu voudras bien me donner !

Elle lui adressa un regard soupçonneux.

— Ne mens pas, Luc. Je me souviens parfaitement que tu ne voulais pas d'enfants, quand nous nous sommes mariés.

Il soupira.

— Ce n'est pas que je ne voulais pas d'enfants, Emily. Mais quand j'ai su que tu étais enceinte, j'ai eu peur pour toi. Pour ta santé. Ma chérie, tu étais si frêle, si fragile ! Je te voyais blême et malade tout le jour… Tu sais, je t'ai fait l'amour sans me soucier de savoir si tu recourais à un moyen de contraception, ces derniers temps. Parce que c'est plus fort que moi : je te désire avec ardeur, Emily. J'ai besoin de te tenir dans mes bras, besoin de sentir nos deux corps s'unir… Je n'ai pas songé aux conséquences de ma négligence. C'est d'ailleurs à cause de moi que Sabine est morte, ajouta-t-il en baissant la tête. C'était ma faute.

Emily ne pouvait supporter de lire ce tourment dans le regard de Luc. Il portait visiblement depuis des années le poids de cette culpabilité imaginaire.

— Non, répondit-elle en se redressant sur ses oreillers et en prenant ses deux mains dans les siennes. Ce n'était pas ta faute, Luc. La mort de Sabine est un drame, mais personne n'est à blâmer. Une grossesse extra-utérine est un phénomène peu courant, et tu ignorais son état.

— J'aimerais voir les choses ainsi, déclara-t-il d'une voix assombrie. Mais je ne l'aimais pas. Je ne l'ai sans doute jamais aimée. Quand nous nous sommes rencontrés, j'étais jeune et arrogant, et j'ai voulu épouser une femme avec qui je m'entendais bien sexuellement. Mais notre entente de ce côté-là n'a pas duré non plus. Sabine avait besoin de se sentir admirée par les hommes, elle aimait séduire. Elle voulait aussi avoir un enfant, alors que je ne songeais qu'à ma carrière. Ce voyage au large de Taïwan était destiné à redonner une chance à un mariage qui battait de l'aile.

Emily frémit. Cette version était bien différente du récit que Robyn lui avait fait.

— Mais tout de même, objecta-t-elle, vous ne vous étiez pas tant éloignés l'un de l'autre, puisqu'elle était enceinte…

— Je ne tiens à rentrer dans les détails, mais je doute que cet enfant ait été le mien, ajouta-t-il. C'est sans doute pourquoi elle m'a caché sa grossesse. Je me sens pourtant responsable. Quand elle a perdu connaissance, je n'avais aucune idée de ce qui se passait. J'ai essayé de la ranimer en attendant l'arrivée des secours, mais il ne m'est pas venu à l'esprit une seule seconde qu'elle puisse être enceinte… Ni qu'il était possible de mourir des suites d'une grossesse pathologique. Ce jour-là, je me suis fait le serment de ne plus jamais faire courir ce risque à une femme.

— Oh, mon Dieu…, murmura Emily en comprenant soudain les raisons de la distance de Luc durant les premiers mois de sa grossesse. Tu semblais furieux, quand nous avons appris que j'attendais un bébé… Oh, Luc, j'en ai été profondément blessée. J'étais certaine que tu ne voulais plus ni de moi ni du bébé, et je ne comprenais pas pourquoi !

— Mais c'est faux ! Je désirais cet enfant ! J'étais seulement terrifié à l'idée de te perdre, et je me suis comporté comme un imbécile, en préférant fuir plutôt que d'affronter la situation ! Je regrette d'avoir été si lâche. Oh, Emily, pardonne-moi, je t'en prie...

De chaudes larmes roulèrent sur les joues d'Emily, qui serra plus fort les mains de Luc dans les siennes.

— Je sais que tu as été malheureuse à Londres, poursuivit-il. Je m'en veux également de t'avoir laissée seule si souvent, et de t'avoir empêchée de trouver un peu de réconfort auprès de ton amie Laura. Je n'aurais jamais dû t'interdire de travailler chez Oscar's. Mon travail me rendait fou, et la société traversait une crise grave. Je comprends maintenant que Robyn a également joué un rôle décisif, et qu'elle nous a séparés en m'imposant sans cesse des soirées à l'extérieur. C'est pourquoi j'ai tant tenu à cette seconde lune de miel. Mon expérience des îles désertes aurait dû me conduire à opter pour une autre destination, mais je n'ai pas pensé que l'histoire pouvait se répéter de manière aussi caricaturale. A l'instant où tu as perdu connaissance, sous ce soleil brûlant, j'ai...

Il s'interrompit, se remémorant la terreur qui avait été la sienne.

— Oh, ma chérie, j'ai eu si peur que tu meures, toi aussi ! Si tu pouvais te représenter ma peur ! Quand tu t'es réveillée et que j'ai appris que tu étais enceinte, je me suis reproché d'avoir mis en danger la vie de la femme qui comptait plus que tout pour moi.

Emily sentit son cœur battre à tout rompre. Luc était-il sincère ? L'avait-il aimée ? Maintenant que les fantômes de Sabine et de Robyn s'étaient dissipés, elle comprenait pourquoi il lui avait témoigné cette froideur, durant sa grossesse. Son attitude ne lui avait pas été dictée par le dégoût du nouveau corps de sa femme, mais par sa terreur de la perdre.

Néanmoins, elle ne comprenait toujours pas certains événements.

— Si seulement tu m'avais parlé franchement, Luc, soupira-t-elle. Si seulement tu m'avais révélé tout cela, à l'époque ! Tu m'aurais épargné bien du chagrin. Mais tu as préféré prendre Robyn pour confidente, et vous vous êtes davantage rapprochés l'un de l'autre… C'était un cercle vicieux. Je ne pouvais que parvenir à la conclusion qu'elle était ta maîtresse.

— Mais tu sais que ce n'était pas le cas ? demanda-t-il.

— Oui, maintenant, je le sais. Hélas, l'adultère n'est pas seulement un acte physique. J'étais témoin de la complicité qui vous unissait, et je me sentais totalement exclue de tes secrets et de tes émotions.

Il demeura silencieux si longtemps qu'Emily pensa qu'il l'avait oubliée. Abîmé dans sa réflexion, il semblait parti dans un autre monde, quand il reprit soudain sa main et la fixa d'une expression grave.

— Je m'étais juré de ne jamais évoquer mon enfance, déclara-t-il en affichant un sourire gêné. Ce n'est pas une époque dont je garde un souvenir heureux. Mais je ne veux plus jamais que tu te sentes exclue de ma vie. Mon père était un homme froid et distant. Je l'ai rarement vu sourire, et je n'ai jamais eu le sentiment qu'il s'intéressait à moi. Ma mère était une femme très silencieuse et profondément triste. J'ai toujours pensé que j'étais responsable de son malheur, d'une manière ou d'une autre.

Emily sentit son cœur se contracter, en percevant l'émotion dans sa voix.

— Peut-être ne lui apportais-je pas suffisamment de joie pour qu'elle préfère mettre un terme à sa vie, poursuivit-il.

— Luc, intervint-elle, la dépression est une maladie. Il est possible qu'elle ait pensé que tu serais plus heureux sans elle, mais je suis certaine qu'elle t'aimait.

— Qui sait ? admit-il en haussant les épaules. Mais au moins, je pouvais compter sur Yves. Nous étions très proches l'un de l'autre, et nous le sommes devenus bien davantage encore après la mort de notre mère. Notre affection ne s'est jamais démentie, tout au long de notre adolescence puis, à l'âge adulte. Nous partagions tout, et j'ai été très heureux pour lui quand il est tombé amoureux. Le jour de son mariage avec Robyn, j'ai pensé que c'était peut-être la fin des mariages tragiques chez les Vaillon. La mort d'Yves a été le pire moment de ma vie.

Touchée par son chagrin, elle entrelaça ses doigts dans les siens.

— Robyn a eu besoin de mon soutien, et je suppose que je lui ai alors attribué la place que j'avais accordée à mon frère. Elle est devenue ma confidente, et j'ai vu en elle la plus fidèle des amies. Rien de plus. Mais je crois aussi que la mort de ma mère, celle d'Yves et celle de Sabine ont fini par me durcir, et que Robyn m'offrait un alibi. Elle avait renoncé à l'amour, ou du moins le disait-elle, et j'avais été blessé tant de fois que j'ai voulu ne plus jamais souffrir. J'ai pensé qu'il serait plus simple de ne plus aimer...

— Jusqu'à ce que tu voies Paul, compléta-t-elle avec un sourire tendre.

— Jusqu'à ce que je te rencontre, corrigea-t-il en plongeant son regard dans le sien. Emily, je sais que tu dois me détester, après tout ce que je t'ai fait subir, mais je t'en supplie, renonce à ce divorce et accepte de rester ma femme. Je te promets que je ferai tout pour te rendre heureuse. Tu auras ton atelier, et tu pourras…

— Luc, coupa-t-elle, il y a une chose que je ne comprends vraiment pas. Pourquoi m'as-tu tenue à l'écart de tous ces secrets ? Ce que je percevais comme un manque de confiance de ta part a donné à Robyn tout le loisir de se dresser entre nous. Mais durant notre mariage, tu aurais pu me parler de ta relation avec ton frère, de ton histoire familiale…

— Chérie, protesta-t-il, tu étais si pure, si innocente ! J'ai épousé un vrai petit ange ! Je ne voulais pas t'effrayer en te parlant de la malédiction des mariages Vaillon ! Si je l'avais fait, tu ne m'aurais d'ailleurs probablement pas épousé ?

— Mais pourquoi tenais-tu tellement à m'épouser, *moi* ?

Luc la fixa longuement.

— Parce que je t'aime.

Emily se sentait étranglée par l'émotion. Une vague de chaleur enveloppait son cœur, et elle parvint mal à regarder Luc à travers le rideau de larmes qui lui brouillait la vue.

— J'ai eu beaucoup de mal à l'admettre, reprit-il dans un souffle. Je ne le voulais pas. Je sais à quel point l'amour fait souffrir. Quand je t'ai rencontrée, j'ai songé que je pourrais me satisfaire d'une brève liaison. Je sentais une chimie unique entre nous. Pourtant, je ne voulais pas te faire l'amour hors des liens du mariage. Tu étais la plus belle, la plus innocente, la plus délicieuse jeune femme que j'aie jamais vue. Et j'ai très vite compris qu'aucune femme n'avait produit cet effet sur moi.

— Tu... Tu ne m'as pas épousée pour obtenir Heston Grange ?

Il s'esclaffa.

— Je voulais acquérir Heston Grange, c'est vrai. Mais tu oublies que je suis très orgueilleux, Emily ! Crois-tu sérieusement que j'aurais vendu ma propre liberté pour obtenir un rabais sur la vente d'une propriété ? Voyons, ma chérie...

Incapable de retenir ses sanglots, Emily se prit le visage dans les mains.

— Je t'en prie, chérie, ne pleure pas, supplia Luc. Je sais que j'ai beaucoup à me faire pardonner, et je suis prêt à tout pour que tu oublies un jour que je n'ai pas été le mari que tu espérais... Pardon, Emily.

— Je n'ai rien à te pardonner, dit-elle en découvrant son visage et en lui souriant. Je n'ai jamais voulu que ton amour, Luc. Le reste n'a aucune importance.

— Je t'aime, Emily, dit-il en l'attirant contre lui en la couvrant de baisers. Je n'ai plus peur de te le dire. Je t'aime, ma chérie.

— Je t'aime, Luc, répondit-elle en se pressant plus étroitement contre lui.

Elle s'écarta soudain vivement pour demander :

— Tu es sûr que tu es heureux que nous ayons un deuxième enfant si vite ?

Il sourit. Il allait passer le reste de sa vie à lui dire combien il l'adorait : il s'en fit la promesse. Plus jamais il ne la laisserait douter de son amour pour elle, pour Paul, et pour tous leurs autres enfants.

— Je suis fou de joie, répondit-il. Nos deux premiers enfants auront la chance de jouer ensemble très bientôt, de sorte que je pourrai faire l'amour à leur mère pour leur donner d'autres frères et sœurs…

Elle se mit à rire, et il se pencha sur ses lèvres pour l'embrasser avec douceur.

Aussitôt, elle sentit le désir monter en elle, et s'abandonna à cette étreinte inaugurant la plus heureuse des vies de famille.

collection *Azur*

Ne manquez pas, dès le 1er février

LE SORTILÈGE D'UNE NUIT, *Carole Mortimer* • N°2751

Parce qu'elle pense avoir trouvé le grand amour, Hébé cède au désir qu'elle
éprouve pour Nick Cavendish, le patron de la galerie d'art dans laquelle
elle travaille depuis peu. Mais au lendemain de cette nuit passionnée qui
signifiait tant pour elle, Nick la congédie sans ménagement...

SOUS LE CHARME D'UN MILLIARDAIRE, *Annie West* • N°2752

Lors de la soirée où elle s'est rendue dans le but de défier
Charles Wakefield, l'homme qui a ruiné sa famille, Marina
voit venir vers elle le séduisant milliardaire Ronan Carlisle.
Très vite, celui-ci lui propose un étrange marché pour l'aider
à récupérer son entreprise et se venger de Wakefield...

UN PALAIS EN TOSCANE, *Christina Hollis* • N°2753

A la mort de son époux qui l'a toujours délaissée, Rissa se retrouve
propriétaire d'une ravissante demeure en Toscane, qu'elle décide de restaurer.
Mais tout se complique quand surgit au *palazzo* un homme fort séduisant
qui prétend être le seul à pouvoir l'aider dans sa tâche. Sous le charme,
Rissa hésite pourtant : Antonio Isola semble lui cacher tant de choses...

UN SÉDUISANT PATRON, *Chantelle Shaw* • N°2754

Désemparée, Kezia se rend compte qu'elle éprouve de tendres
sentiments pour son patron, le beau et arrogant Nikos
Niarchou. Des sentiments qu'elle va devoir cacher... En
effet, même si Nikos s'intéresse un jour à elle, il s'éloignera
tôt ou tard lorsqu'il saura qu'elle ne peut pas avoir d'enfant...

EMPORTÉS PAR LE DÉSIR, *Jane Porter* • N°2755

Même si elle n'a jamais été heureuse en ménage, Sophie est déterminée
à éclaircir la mort mystérieuse de Clive, son mari. Alors que sa quête la
mène jusqu'à São Paulo, elle a la surprise de trouver sur sa route Al, l'ami
d'enfance de Clive et l'homme qu'elle a follement aimé avant son mariage,
bien qu'elle l'ait toujours trouvé un peu inquiétant. Quel rôle a-t-il joué
dans le drame ? Peut-elle surtout lui faire confiance ?

Et les 4 autres titres...

UN SEUL REGARD AURA SUFFI, Kim Lawrence • N°2756

Après un drame personnel qui l'a profondément blessée, Fleur quitte Londres pour se réfugier à la campagne. Là, elle reprend peu à peu goût à la vie. Mais une rencontre inattendue avec le milliardaire qui possède l'imposante demeure située près de chez elle, va remettre en question son équilibre. Alors qu'il recherche sa fille adolescente qui a fugué, Antonio Rochas la trouble au premier regard...

UNE BOULEVERSANTE SURPRISE, Sandra Field • N°2757

A la tête de son entreprise, Kelsey a par ailleurs dû élever ses trois frères. Aujourd'hui, alors qu'elle a enfin la possibilité de jouir de sa liberté et de reprendre ses études d'art, Luke Griffin, un richissime homme d'affaires, lui propose une dernière mission : le tri des archives de sa famille. Très vite, le désir flambe entre eux. Mais quand Kelsey se retrouve enceinte, Luke devient soudain froid et distant, tout en exigeant qu'elle l'épouse...

LE PRINCE DU KHARASTAN, Sharon Kendrick • N°2758

~ Les princes du désert ~

Cinq ans plus tôt, désespérée, Alexa a quitté Giovanni, dont la jalousie avait fait de sa vie un enfer. Pourtant, un désir intense brûlait entre eux... Aujourd'hui, alors qu'il n'a pas vu la jeune femme depuis leur séparation et qu'il vient d'apprendre que le cheikh Zahir est son père, Giovanni veut qu'Alexa l'accompagne au Kharastan. Aussitôt, la jeune femme se sent submergée par la panique. Comment, dans ces conditions, cacher à Giovanni qu'elle a eu un fils de lui ?

+

Exceptionnel
Un titre inédit Azur additionnel

UN MYSTÉRIEUX LOCATAIRE, Cathy Williams• N°2759

Forcée de louer son cottage, Sophie voit arriver chez elle un écrivain solitaire et ténébreux, terriblement irritant mais aussi follement séduisant. Très vite confrontée aux silences de celui qu'elle a bien du mal à ne pas considérer comme un intrus, Sophie n'a bientôt plus qu'une question en tête : qui est vraiment Theo Andreou ?

Collection Azur
8 titres le 1ᵉʳ de chaque mois

SAGA

CROISIÈRE SUR L'ALEXANDRA

Un navire luxueux,
des idylles romantiques,
une croisière de rêve en
Méditerranée...

PRIX DE
3,95 €
LANCEMENT

Retrouvez votre saga
du 15 janvier au 15 décembre 2008

Un conseil, une commande : 01.45.82.47.47   www.harlequin.fr

BEST SELLERS

—— Le 1ᵉʳ janvier ——

Jeux macabres - Erica Spindler • N°310

A La Nouvelle-Orléans, les meurtres se succèdent dans l'entourage de Léo Noble, inventeur fortuné d'un célèbre jeu de rôles. Pour Stacy Killian, ancienne inspectrice dont l'une des amies compte parmi les victimes, il ne fait aucun doute que le meurtrier s'inspire de ce jeu pour commettre ses crimes. Et qu'elle devra se plier à ses règles pour réussir enfin à l'arrêter...

L'Ecorcheur - P.D. Martin • N°311

A l'âge de huit ans, Sophie a brutalement eu la vision du meurtre de son petit frère. Ce drame l'a marquée à jamais. Devenue flic, elle est repérée par le FBI pour son flair hors-normes, et s'installe à Quantico pour exercer ses talents de *profiler*. Mais un jour, le cauchemar recommence quand elle « ressent » les meurtres commis par l'Ecorcheur de Washington, un monstrueux tueur en série traqué par le FBI. Et qu'elle découvre que ces crimes atroces la touchent de beaucoup plus près qu'elle ne l'imagine...

Hantise - Heather Graham • N°312

Une jeune guide de La Nouvelle-Orléans, un agent du FBI : tous deux sont retrouvés morts le même jour d'une overdose d'héroïne. Coïncidence ? Nikki DuMonde, qui dirige une agence touristique, est persuadée du contraire. Car les deux victimes viennent hanter sa vie, comme pour réclamer justice et l'avertir qu'elle court un grand danger. La police, sceptique, ne prend guère au sérieux sa déposition... à l'exception de Brent Blackhawk, un flic qui, découvre-t-elle, a les mêmes dons de médium qu'elle.

Souviens-toi du passé - Laurie Breton • N°313

L'ambitieuse Kate Winslow est chargée de la vente de l'une des plus belles demeures de Boston. Mais lorsque le client avec qui elle a rendez-vous s'introduit dans les lieux, c'est pour découvrir que Kate a mystérieusement disparu, laissant derrière elle sa mallette, son portefeuille – et le cadavre d'un inconnu, tué à coup de revolver.

Le pavillon d'hiver - Susan Wiggs • N°314

Suite à l'incendie de sa maison, Jenny s'installe au pavillon d'hiver du camp Kioga où, adolescente, elle passait ses étés... Là, elle est assaillie par un flot de souvenirs : le premier baiser de Rourke et, plus tard, la douleur muette dans ses yeux quand Joey, son meilleur ami, l'avait demandée en mariage... Rourke avait alors renoncé à la conquérir, et depuis la mort de Joey, il multipliait les conquêtes éphémères et faisait tout pour l'éviter... Pourtant n'avait-il pas promis de veiller sur elle durant son séjour au pavillon... ?

Lady Sapphire - Rosemary Rogers • N°315

Martinique et Angleterre, 1831

A dix-huit ans, Sapphire découvre qu'elle n'est pas la fille d'un riche planteur de Martinique comme elle le croyait, mais le fruit des amours d'une prostituée de La Nouvelle-Orléans et d'un lord anglais. Contraint par sa famille de rompre, ce dernier a regagné l'Angleterre après avoir épousé en secret sa maîtresse enceinte. Pour lui permettre de survivre, il lui a laissé un somptueux pendentif en saphir qu'elle n'a pourtant jamais vendu et a confié aux parents adoptifs de Sapphire avant de mourir. Décidée à retrouver son géniteur, Sapphire embarque pour l'Angleterre...

En lettres de sang - Meg O'Brien • N°316 *(réédition)*

Qui pouvait haïr Marti Bright au point de l'avoir assassinée de la manière la plus effroyable ? Car son bourreau n'a pas seulement dessiné « Menteuse » en lettres de sang sur le corps de la victime. Il l'a crucifiée. Et ce crime porte la signature d'un meurtre rituel. Sous le choc, Abby, son amie d'enfance, va peu à peu découvrir, en enquêtant sur les derniers jours de Marti, une femme qu'elle croyait connaître et dont elle ignorait la part d'ombre...

Faux diagnostic - Gwen Hunter • N°317 *(réédition)*

Rhea est l'amie de toujours de Marisa. Elle est aussi médecin urgentiste. Le jour où Marisa est victime d'un accident, Rhea met tout en oeuvre pour sauver sa vie. Tout, y compris une enquête secrète et illégale dans le service de son propre patron. Mais en cherchant à percer le mystère qui entoure Marisa, Rhea a orienté sur elle la cible qui va faire d'elle la victime d'une atroce machination.

♉ ♊ ♋ ♌ ♍

69 L'ASTROLOGIE EN DIRECT ♒
TOUT AU LONG
DE L'ANNÉE.

(France métropolitaine uniquement)
Par téléphone 08.92.68.41.01
0,34 € la minute (Serveur JET MULTIMÉDIA).

Composé et édité par les
éditions Harlequin
Achevé d'imprimer en décembre 2007

BUSSIÈRE
GROUPE CPI

à Saint-Amand-Montrond (Cher)
Dépôt légal : janvier 2008
N° d'imprimeur : 71896 — N° d'éditeur : 13249

Imprimé en France